JUSQU'ICI TOUT VA BIEN.

"VOIR ET DIRE"
série dirigée par Christian Caujolle

La Haine, un scénario écrit par Mathieu Kassovitz,
produit par Christophe Rossignon
pour Les Productions Lazennec, 1995

Ce travail et le livre qui en est tiré ont été rendus possibles
grâce à l'aide du FAS (Fonds d'Action Sociale)
et à Kodak Pathé France qui a fourni la pellicule Tri X

ISBN 2-7427-0561-9

JUSQU'ICI
TOUT VA BIEN...

Scénario et photographies
autour du film La Haine

Un film
de Mathieu Kassovitz

ACTES SUD

J'ai assez vécu pour voir que la différence engendre la haine.

STENDHAL, *Le Rouge et le Noir.*

à ma famille,
à toute l'équipe,
à tous ceux qui ont,
de quelque manière que ce soit,
participé au film.

En 1992, à Paris, un jeune homme de dix-huit ans du nom de Makome a été abattu à bout portant par un inspecteur dans un commissariat.

Comment un jeune homme, attaché à sa chaise par des menottes, a-t-il pu amener un policier à sortir de ses gonds ?

Makome aurait-il, à ce point, manqué de respect et provoqué l'ordre public de telle façon qu'il ait entraîné une réaction incontrôlée ?

La réaction funeste du policier n'est-elle pas le résultat déplorable d'une journée trop dure faisant suite à trop de journées trop dures confrontées au mépris ?

Quand, dans les quartiers, un policier se fait insulter toute la journée par des enfants de dix ans il n'a, le soir, qu'une seule envie : se défouler, rendre la pareille, en finir.

Quand des jeunes de seize ans, au cours d'un contrôle d'identité ou d'une interpellation, se font, gratuitement, gifler par des policiers, ils n'ont plus aucune raison de respecter l'uniforme.

Et ainsi de suite.

Le cercle vicieux de *la Haine* est en place. C'est le propos principal du film.

La Haine se situe clairement du côté des jeunes tout en essayant de conserver la distance et le recul nécessaires.

Mais les faits sont les faits et, aujourd'hui, ce sont toujours les mêmes qui font les frais de cet état de fait et qui, de leur vie, paient des pots que l'on casse sans cesse.

Ce n'est pas si grave puisque, pour l'instant, tout va bien... On peut encore fermer les yeux et espérer.

C'est comme l'histoire de l'homme qui tombe d'un building de cinquante étages. Lorsqu'il passe devant chaque fenêtre les habitants de l'immeuble peuvent l'entendre répéter : "Jusqu'ici tout va bien, jusqu'ici tout va bien, jusqu'ici tout va bien..."

L'important ce n'est pas la chute, c'est l'atterrissage.

M. K.

ude Flamand, directeur de casting.

Chers Jean-Claude, Saïd, Hubert, Vincent, Ludovic, Eric, Mathieu, Gilles et enfin Nicolas,

Chères Sophie, Clémentine et tout le reste,

Je vous écris pour vous donner de mes nouvelles. Ici, tout va bien pour le moment et j'espère que vous tous vous allez bien. Ça m'a vraiment plu le film *Droit de cité**. J'ai été content de faire, ou tourner, ce magnifique film. Est-ce que vous pouvez me donner les dates de mon tournage des "mercredis" (je suis libre tous les mercredis) ? Je vous donne mon nouveau numéro de téléphone et mon adresse.

J'espère que vous m'enverrez tous des lettres. Je vous quitte en vous faisant à tous un gros BISOU.

Votre copain
DJIBRIL.

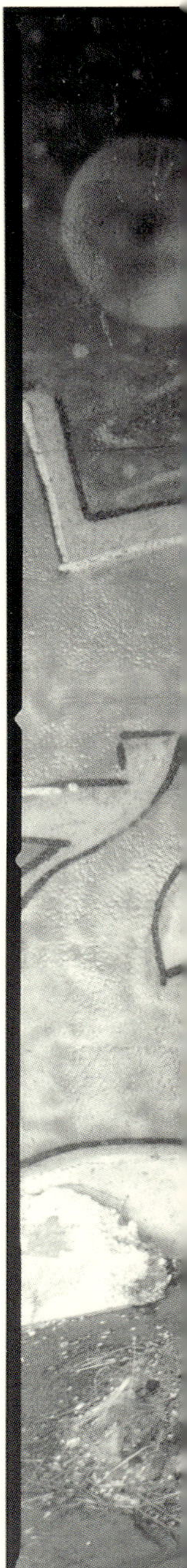

* Titre provisoire du film *la Haine* durant le tournage.

Djibril, recordman des figurations et mascotte de l'équipe.

Rachid Djaidani, employé à la régie.

LÉGALITÉ

Une fois qu'il enfile
Son uniforme
Sa frousse se défile
Et il te file une fouille
Même sur présentation
De tes pièces d'identité.
Et le gars te lit tes droits
Qu'il imagine pour toi
Derrière des barreaux
Parallèles et droits...

RACHID DJAIDANI

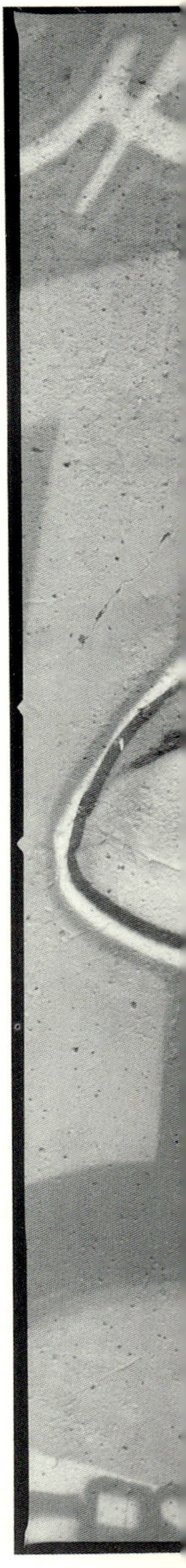

La banlieue c'est un trou…
Des fois on te donne une corde pour remonter
et puis quand tu arrives en haut on te donne
un coup de pied et tu retombes.

Sophiane, ancien boxeur, a organisé les relations entre la cité et l'équipe.

Ce texte est la version du scénario avant tournage.

1

GÉNÉRIQUE

Noir.
Une voix calme se fait entendre.

VOIX OFF HUBERT. – C'est l'histoire d'un homme qui tombe d'un building de cinquante étages.
A chaque étage, au fur et à mesure de sa chute, il se répète pour sans cesse se rassurer : "Jusqu'ici tout va bien, jusqu'ici tout va bien, jusqu'ici tout va bien..."

Un petit flash électronique au milieu de l'écran puis une image vidéo plein cadre se stabilise. L'image d'une planète – notre planète.

Venant de derrière la caméra, un cocktail Molotov plane pour venir se briser sur la planète qui n'est qu'une photographie collée sur un panneau publicitaire.

L'affiche s'enflamme instantanément.

En off, nous entendons les bruits d'une émeute, des cris, des vitres brisées, des explosions de gaz lacrymogènes.

L'image de la planète qui brûle se mêle à des reportages d'émeutes.

Sur ces images commence le générique.

Nous voyons sur l'écran défiler au ralenti des images de violence. Des manifestations, des CRS *en action, des policiers en civil, des jeunes qui dépouillent un magasin...*

Puis, petit à petit, les images reprennent leur vitesse normale.

Nous voyons maintenant des bagarres entre jeunes et CRS, *de nuit, au milieu d'une cité* HLM.

Ces images s'inscrivent dans un coin de l'écran pour faire place à une présentatrice du journal télévisé.

LA PRÉSENTATRICE. – Le quartier des Muguets a vécu cette nuit au rythme des émeutes. Jusqu'au milieu de la nuit, une centaine de jeunes a littéralement assiégé le commissariat de police se trouvant au beau milieu de la cité. Les batailles rangées ont fait quatorze blessés du côté des forces de l'ordre qui ont procédé à trente-trois arrestations parmi les émeutiers. Les casseurs ont fini par saccager une partie du centre commercial ainsi que quelques bâtiments avant de se disperser à quatre heures ce matin. Ces émeutes font suite à la bavure d'un des inspecteurs du commissariat des Muguets qui a sévèrement blessé un jeune de la cité pendant une garde à vue, il y a de cela deux jours. L'inspecteur a été démis de ses fonctions, Abdel Ichaha est toujours en observation à l'hôpital Saint-Georges...

La caméra recule, nous faisant sortir du cadre d'un vieux poste de télévision posé dans une pièce. La caméra laisse la télévision pour se diriger vers une fenêtre à laquelle est accoudé un enfant qui regarde dehors...

2

CITÉ HLM... EXT. JOUR

Dehors s'étend une cité HLM.

Les restes de l'émeute de cette nuit rajoutent un côté guérilla urbaine à l'atmosphère violente des bâtiments.

Le ciel apparaît parfois entre les immeubles plantés dans un goudron de mauvaise qualité.

Bienvenue à la cité des Muguets.

Un jeune beur d'une vingtaine d'années se tient immobile au milieu de la cité et regarde droit devant lui : à une dizaine de mètres, des CRS barrent l'horizon. Derrière eux, le commissariat du quartier a subi l'épreuve du feu et ils protègent ce qu'il en reste.

Sur cette image apparaît le titre du film.

Fondu au noir.

3

CAR CRS CITÉ... EXT. JOUR

Dans les cars blindés, des CRS dorment ou jouent aux cartes et personne ne remarque qu'à l'arrière, le jeune beur est en train de taguer discrètement le cul du bus.
Quand le jeune homme sort du champ, il nous laisse voir l'inscription au feutre épais. C'est son nom.

SAÏD
Nick la police

4

DEVANT HLM VINZ... EXT. JOUR

Face à un immeuble, Saïd les mains en porte-voix hurle en direction d'une fenêtre.

SAÏD. – VINYYY !!!

Il remet ça.

SAÏD. – VIIIIIINNNNNNNNYYYYYYYY !!!

Un moment, personne ne répond. Un jeune homme passe un peu plus loin et salue Saïd. Saïd lui rend son salut puis se retourne vers l'immeuble pour en remettre un coup, mais il est surpris dans son élan par une jeune fille de treize ans accoudée à la fenêtre du quatrième étage.

SARAH. – Quoi !?

SAÏD. – Quoi "QUOI ?"... Ça t'arracherait les poils du cul de dire bonjour ?

SARAH. – Fais pas chier Saïd, qu'ess' tu veux ?

SAÏD. – Dis à ton frère de descendre.

SARAH. – Pour quoi faire ?

SAÏD. – Dis-lui de descendre.

SARAH. – Pour quoi faire ?

SAÏD. – Eh, tu t'es crue à la télé ? Dis-lui de descendre avant que je te jette un sort.

Entre les deux gueulards, c'est-à-dire au deuxième étage, un homme standard-cité passe la tête par sa fenêtre.

HOMME STANDARD. – Vous allez arrêter de gueuler comme des putois ? Comme si vous aviez pas assez gueulé cette nuit.

SAÏD. – Je te cause à toi ? Tu m'as vu dans la rue cette nuit ? Non, alors de quoi tu m'parles ?

HOMME STANDARD. – J'te parle que t'as intérêt à arrêter de beugler. Je travaille, moi, je passe pas mes nuits à brûler des voitures.

SAÏD. – Retourne dans ta case avant qu'on brûle aussi ton paillasson... Ducon.

Saïd, fier de sa rime, essaie de reprendre la discussion avec Sarah.

SAÏD. – Bon tu l'appelles ou tu dors ?

HOMME STANDARD. – Qui t'appelles Ducon espèce de trou du cul...

SARAH *(sans calculer le voisin)*. – C'est lui qui dort, moi je le réveille pas, à chaque fois je me fais engueuler... T'as qu'à essayer toi.

Saïd pénètre dans l'immeuble sans prêter attention à l'homme qui continue sur sa lancée.

HOMME STANDARD. – J'espère que les flics vont vous mettre une bonne branlée, ça vous apprendra le respect...

Saïd lui fait un dernier doigt d'honneur de désespoir avant de disparaître.

5

CHAMBRE VINZ... INT. JOUR

Une chambre très propre, rangée au fil à plomb, en ordre comme un défilé militaire...
L'image contraste violemment avec le jeune homme de dos qui gît à moitié habillé allongé sur un lit recouvert d'un superbe couvre-lit tricoté...

Il en écrase comme un hérisson sur la nationale 7.

Nous nous approchons de sa main qui dépasse de la couette. Emprisonnant deux de ses doigts, une énorme bague en "or" affiche son prénom : VINZ.

Saïd fait irruption dans la chambre. Il appuie sur la tête de Vinz pour le réveiller.

VINZ *(sans bouger, d'une voix de cadavre).* – Ta gueule Saïd.

SAÏD. – "Ta gueule Saïd" ??? Calme-toi lascar, parle-moi bien ou je te gifle.

VINZ *(toujours dans le coma).* – Ferme-la, enculeuse.

Vinz ne bouge toujours pas, mais il tend son bras vers Saïd sans le regarder. Celui-ci fait de même et automatiquement les deux garçons font un "Papier-pierre-ciseaux" que Saïd perd comme d'habitude. Il grimace. Saïd préfère mentir.

SAÏD. – T'as perdu.

VINZ *(endormi).* – Et ta sœur, bâtard.

SAÏD *(soudain sérieux).* – Qu'est-ce que je t'ai dit à propos de ma sœur ?

VINZ. – Elle est super-bonne il paraît.

SAÏD. – Pauvre Juif va.

Vinz, vingt-deux ans et toutes ses dents, se retourne l'air vraiment défoncé par la fatigue et l'aventure de la nuit.

VINZ. – J'ai vu une vache.

SAÏD. – Une quoi ?

VINZ. – Une vache. Pendant les bastons, cette nuit à un moment je courais et en tournant le coin d'un immeuble, je suis tombé nez à nez avec une vache.

SAÏD. – Arrête de fumer, ça te fait du mal.

VINZ *(à lui-même)*. – Elle était blanche…

Saïd s'assied sur le lit vide (recouvert d'un couvre-lit rose pour les filles), ouvre une petite boîte en métal posée dans un coin, en sort un petit morceau de shit, et entreprend de rouler un joint. Sarah, la sœur de Vinz, fait irruption pour prendre un livre.

SARAH. – Saïd dégage de mon lit ou je dis à Mamie que vous fumez.

VINZ. – Fais ça et je t'égorge avant de te pendre par les pieds pour que tu t'étouffes dans ton sang.

SARAH. – MAMIIIIIIE !!!

VINZ *(fatigué)*. – Ça va, c'est bon.

Saïd va s'asseoir sur le lit de Vinz. Sarah, satisfaite, sort de la chambre.
Vinz émerge avec difficulté puis met en route son énorme radio posée à côté de son lit. Le rap remplit l'espace sonore et Vinz se transforme d'un coup, semblant reprendre vie. Il se met à danser comme un boxeur autour de Saïd qui essaie de rouler son stick pendant qu'il lui décoche des pichenettes.

SAÏD *(restant concentré)*. – Vas-y, Vinz qu'est-ce que tu me fais ? Dégage bâtarde !

Vinz lui en colle une dernière petite, un peu plus appuyée, puis il lève les bras comme un boxeur qui vient de gagner.

VINZ. – Respecte les anciens combattants de la liberté du peuple. Tu as devant toi un des derniers guérilleros de la jungle urbaine.

SAÏD. – Tu veux dire un des derniers trous du cul de la cité.

6

SALLE A MANGER… INT. JOUR

Vinz et Saïd sont en train de prendre un petit déjeuner consistant dans le petit salon de l'appartement que Vinz partage avec sa grand-mère, sa sœur et sa tante qui coud à un bout de la table en poussant des soupirs et en levant les yeux au ciel. Saïd la regarde faire.
Le reste de la famille est dispersé dans l'appartement. La grand-mère est aux fourneaux et Sarah en train de travailler, un manuel scolaire ouvert devant elle.

En plus du rap dans la chambre, la télévision beugle dans la pièce principale et il règne dans l'appartement un vacarme ininterrompu.

Vinz ingurgite la nourriture comme s'il n'y avait pas de lendemain. Il se tourne vers la cuisine.

VINZ *(criant)*. – MAMIE… Y a pas de sel !

Saïd n'en croit pas ses oreilles.

SAÏD. – Comment tu parles à ta grand-mère ?!

VINZ. – Et alors t'es qui ? Mon père ?

Sarah regarde Vinz.

SARAH. – Pourquoi tu parles de papa ?

VINZ. – Et toi t'es ma mère ?! Pourquoi t'es pas à l'école ?

SARAH. – Elle a brûlé.

GRAND-MÈRE *(off)*. – Tu as pris la liste des courses ?

VINZ. – Elle a pas changé depuis vingt ans.

La grand-mère arrive, portant un plat (et la salière) qu'elle pose devant Vinz.

GRAND-MÈRE. – Brûler l'école… Quels sauvages… On commence comme ça puis on finit par ne plus aller à la synagogue.

VINZ. – Mamie, j'ai pas brûlé l'école.

GRAND-MÈRE. – Mais tu ne vas pas à la synagogue non plus.

La tante soupire en continuant de coudre.

Vinz se lève pour éviter toute discussion.

GRAND-MÈRE. – Où tu vas ?

VINZ. – A la synagogue, chier un coup.

GRAND-MÈRE. – Si tout le monde partait en courant à chaque discussion, ça ferait une jolie débandade.

Vinz est sorti de la pièce.

SAÏD. – Mais au moins on irait tous dans la même direction.

LA TANTE *(sans lever les yeux). – Mazel tov.*

7

SALLE DE BAINS... INT. JOUR

Vinz est devant le miroir de la salle de bains.
Il se passe de l'eau sur le visage puis se regarde dans le miroir et essaie différentes attitudes de gangster avant de trouver la plus terrifiante en en rajoutant un maximum dans l'attitude.

VINZ. – A qui tu parles connard ?!

Il tire sur son image avec ses doigts transformés en revolver... BANG !

8

CITÉ... EXT. JOUR

Le son du revolver résonne dans la cité au milieu de laquelle Vinz et Saïd marchent.
Devant sa voiture brûlée un homme essaie de récupérer ce qui peut encore servir. Ils croisent deux autres jeunes qui traînent et se saluent.
Saïd sort le joint qu'il a fini de rouler dans la chambre de Vinz.

VINZ. – Tu commences tôt.

SAÏD. – “Il n’est jamais trop tôt pour bien faire”, disait le Prophète.

Ils longent maintenant les barrières de CRS protégeant le commissariat et qui bouchent un des horizons de la cité. Ils continuent de fumer sans se préoccuper des CRS, sachant qu’ils bénéficient d’un sauf-conduit dans la situation présente.

SAÏD. – Pourquoi elle soupire sans arrêt ta tante ?

VINZ. – Parce qu’elle coud le costume de théâtre de ma sœur.

Saïd approuve sans comprendre.

SAÏD. – Qu’est-ce qu’elle fait au théâtre ta sœur ?

VINZ. – Elle joue Hitler dans la pièce de fin d’année de son école.

Un temps.

SAÏD. – C’est pour ça que ta tante arrête pas de soupirer ?

VINZ. – Non, c’est parce qu’elle coud les croix gammées.

Les deux garçons dépassent la caméra qui s’arrête sur le graffiti d’un mur :

MOHAMED
NEW YORK CITY

9

SALLE DE BOXE... EXT.-INT. JOUR

Ils arrivent sur un parking défoncé au milieu duquel trône un vieil Intermarché qui a lui aussi subi l’épreuve du feu.

Saïd est en plein récit d’un film vu à la télévision.

SAÏD. – Alors le mec lui répond . – “Nooon, toi c’est pas pour de l’argent que je te tue, toi c’est”... Non, c’est pas ça... Ah oui, il lui dit : “Toi t’es mon ami, je te tue pas pour de l’argent, je te tue pour rien.” C’est pas mortel comme phrase ça ? Le mec il arrive et il lui dit ça comme ça : “Nooon, toi t’es mon ami, je te tue pas pour de l’argent, je te tue pour rien”...

VINZ. – J’avais compris la première fois.

SAÏD. – C'est pas mortel comme phrase ?

VINZ. – Mortel.

SAÏD. – T'es bouché du cul ce matin ou quoi ?

Avec eux, nous nous approchons du supermarché qui se révèle une salle de boxe cramée.
Les murs sont noirs de suie, le bâtiment en préfabriqué a littéralement fondu à certains endroits, le passage des pompiers a fini de donner au lieu une allure surréaliste.

Seul élément qui a résisté : un sac de boxe qui pend au milieu de la "pièce".
Vinz et Saïd rentrent dans l'endroit comme dans une église. Ils sont silencieux. Aidés par le stick qu'ils fument, ils regardent un jeune Africain qui, torse nu au milieu de la pièce, est en train de s'acharner au ralenti sur le sac, dégageant à chaque coup un nuage de poussière. Saïd, constatant l'effet de la drogue, regarde le joint avec satisfaction. Ils se parlent doucement pour ne pas déranger.

SAÏD. – Il est bon ton shit.

VINZ. – C'est pas le mien, c'est celui d'Hubert.

A côté d'eux, une affiche à moitié brûlée est encore collée au mur. Dessus on peut voir le jeune boxeur qui pose pour une photographie annonçant un combat. Sous la photographie est écrit son prénom :

HUBERT

Saïd tire une latte sur le joint et le tend à Hubert.
Vinz le regarde inhaler.

VINZ. – Je croyais que tu fumais plus.

HUBERT. – Moi aussi… J'en ai besoin.

Hubert se rhabille. Parmi ses affaires, on peut discerner une bombe lacrymo.

SAÏD *(regardant alentour).* – Qu'est-ce qui s'est passé ici ?

HUBERT. – A ton avis ?

SAÏD. – Ça a cramé ?

VINZ. – BZZZZ, tu peux revenir en deuxième semaine, Einstein…

Vinz s'en prend à son tour au sac de boxe. Il maîtrise bien les bases pugilistiques même s'il en rajoute dans la frime.

HUBERT. – De toute façon, je savais qu'elle allait partir en fumée un beau jour.

SAÏD. – Pourquoi tu t'es cassé le cul pour l'obtenir alors ?

VINZ. – Parce qu'il pensait que ça valait le coup, connard.

SAÏD. – Tu sais qui a participé ?

HUBERT. – Je veux pas le savoir.

Vinz ne répond pas, comme s'il n'avait pas entendu. Il continue de frapper le sac, concentré.

10

RUE CITÉ... EXT. JOUR

Les trois marchent dans une rue.

Vinz est en plein récit de ses exploits nocturnes, soulignant son discours par des gestes, excité par ses propres aventures.

VINZ. – ... On était devant eux et on gueulait, on les insultait, enfin rien de grave quoi. Les CRS ils bougeaient pas, puis tout d'un coup ces bâtards se sont écartés et ils ont laissé passer des civils qui nous ont chargés avec des manches de pioche, mec. Ces fils de putain avaient des enculés de manches de pioche. Samou, tu sais le petit Samou, y s'en est pris un coup en pleine gueule, grave. Ils ont fait ça une fois, deux fois, mais la troisième fois, on les a déchirés, moi j'en ai retourné un, je l'ai fumé ce bâtard... T'aurais dû être là Hubert, on aurait bien eu besoin de toi, c'était trop puissant...

Vinz est interrompu par le bruit caractéristique d'une moto de cross nerveuse.
Les trois garçons tendent l'oreille.

VINZ. – RM.

SAÏD. – YZ.

HUBERT. – KX. C'est celui de Mohamed. Il vient de changer le pot.

VINZ. – Lequel Mohamed ? Le frère de la petite Farida ?

SAÏD. – C'est laquelle Farida ? Celle qui a passé son permis ?

HUBERT. – Non, Farida c'est celle qui travaille au marché.

Le bruit s'éloigne. Ils restent un moment silencieux. Vinz revient à ses moutons.

VINZ. – Enfin bref, pour résumer vous auriez dû être là cette nuit… On leur a mis le feu à ces bâtards.

Vinz est encore plein de l'adrénaline de cette nuit.

SAÏD. – Se prendre une lacrymo dans la gueule, passer quarante-huit heures au poste à se manger des gifles et rentrer à la maison pour que mes parents ils m'égorgent sur place ? Je vois pas le kif.

VINZ. – C'était la guerre mec, la pure retournade de keufs en live and direct. Mortel.

SAÏD. – J'avais autre chose à foutre, j'avais un plan pour récupérer un peu de cash, mais vous avez tout fait foirer avec votre émeute en carton.

VINZ. – Moi au moins quand un frère se fait buter je vais au combat.

SAÏD. – Un frère ? D'où un frère ? J'le connais moi ce mec ? Tu m'as déjà vu avec ? Non, alors… Je vais pas me faire taper dessus pour une caillera* que j'connais pas.

Vinz regarde Saïd avec pitié. Ils croisent un jeune de la cité et Hubert s'arrête pour discuter avec lui. Les deux autres attendent Hubert un peu plus loin. Tout en continuant à parler, Saïd et Vinz observent Hubert qui est en plein "bizness" avec l'autre garçon qui lui tend discrètement une liasse de billets.

VINZ *(observant Hubert)*. – Abdel est pas une racaille…

SAÏD. – Moi tout ce que je sais, c'est que je cours pas plus vite que les balles.

Hubert arrive, ils rentrent dans un hall d'immeuble défoncé.

* Caillera signifie racaille.

11

TOIT HLM... EXT. JOUR

Des merguez grillent sur un barbecue de fortune installé sur le toit d'un des immeubles de la cité.
Quelques jeunes sont allongés sur des chaises longues et l'ambiance est plus au camp de vacances qu'au camp militaire. Certains se "bagarrent", façon boxe thaï, d'autres écoutent de la musique sur un gros poste K7.

Hubert, Saïd et Vinz débarquent sur le toit. Ils saluent tout le monde et se jettent sur les merguez. Le "cuistot", un jeune homme avec une tête de tueur, se place entre eux et la nourriture.

CUISTOT. – Vous allez où comme ça ? Où vous vous croyez ?

VINZ. – Vas-y, qu'est-ce que tu nous fais ?

CUISTOT. – C'est toi qui les paies les merguez ?

SAÏD. – Tu vas nous faire pleurer.

CUISTOT. – C'est cinq francs. Sauf pour Hubert, parce qu'on est sur son immeuble.

SAÏD. – LA merguez ?!

CUISTOT. – Les deux.

Il tend à Hubert deux merguez dans du pain.
Celui-ci sourit aux deux autres en croquant dans son sandwich.

HUBERT. – Mortel, vous devriez essayer.

Les deux autres sont écœurés.

SAÏD. – Nique sa mère... T'as cinq francs pour moi Vinz ?

VINZ. – Non, mais j'ai cinq francs pour MOI.

Il tend une pièce au cuistot qui lui donne son sandwich.
Hubert et Vinz se marrent en voyant la tête de Saïd.

SAÏD. – Vous êtes pas cools les mecs, je m'en souviendrai.

HUBERT. – Ouais, fais-nous plaisir, souviens-t'en.

Saïd se tourne vers le cuistot.

SAÏD. – Vas-y fais pas l'enculé, fais-moi crédit.

CUISTOT. – Et ta sœur ?

Saïd devient immédiatement très sérieux.

SAÏD. – Pourquoi tu parles comme ça de ma sœur ?

CUISTOT. – Pauvre reubeu* en carton va.

Saïd s'approche du cuistot comme pour se battre, mais au dernier moment, fauche une merguez posée sur le gril et part en courant et en se marrant sous les insultes du cuistot.

Saïd se réfugie près d'un groupe sur les chaises longues. Le cuistot arrive vers lui, Saïd engouffre la merguez d'un coup en se brûlant. Il reste près d'un homme un peu plus âgé que lui. C'est Nordine, son grand frère.

NORDINE. – Dégage Saïd, tu me fais de l'ombre.

CUISTOT. – Saïd, bâtard, rends-moi la merguez !

Saïd tourne autour de la chaise de son frère en marmonnant quelques insultes incompréhensibles la bouche pleine. Le frère qui voudrait rester tranquille bloque le cuistot.

NORDINE. – Qu'est-ce qui se passe ?

CUISTOT. – C'est ton frangin. Le bâtard vient de me prendre une merguez.

NORDINE *(à Saïd)*. – C'est vrai ?

SAÏD *(la bouche pleine, se brûlant)*. – Ch'est faux.

NORDINE *(au cuistot)*. – Mets-la sur mon compte.

Le cuistot acquiesce, puis retourne à ses fourneaux en gueulant car d'autres mômes sont en train de se servir.

Saïd se marre et lance une dernière vanne au cuistot. Son grand frère regarde Saïd, puis sourit à son tour. Ils se tapent dans les mains. A leur côté, trois jeunes discutent.

ARACH. – ... Y paraît que c'est un automatique. Un 45 automatique comme Mel Gibson dans *l'Arme fatale*.

BENOÎT. – N'importe n'aouak, Mel Gibson c'était un G. LOCK 9 mm.

* Reubeu signifie beur... lui-même verlan d'Arabe.

MEDAR. – Ooooh les mauvais, c'était un DESERT EAGLE, vous vous souvenez pas quand il tire sur le camion sur la route…

Les autres se marrent en se foutant de sa gueule.

ARACH. – Pov' mec, c'était pas dans *l'Arme fatale* ça. Le DESERT EAGLE c'était dans un Stallone.

SAÏD. – De quoi vous causez ?

ARACH. – Y paraît qu'un keuf a paumé un calibre dans la cité cette nuit.

SAÏD. – Un calibre de keuf ? Dans la cité ? C'est trop fort !

BENOÎT. – Le mec qu'a trouvé le flingue, je sais pas c'est qui, mais le mec qu'a trouvé le flingue, j'aimerais bien savoir c'est qui.

Saïd découvre un caméscope autour duquel le groupe discute.

SAÏD. – Et ça c'est quoi ?

MEDAR. – C'est l'émeute.

SAÏD. – Nooooon, laisse-moi voir ?

Saïd colle son œil au viseur et apparaît ce qu'il voit.

EN VIDÉO

L'image recule en accéléré puis se stabilise. En off, un des jeunes explique la situation à Saïd et on voit les images correspondantes dans le viseur.

ARACH. – C'est la caméra d'un keuf. Le bâtard, il était en train de nous filmer pendant qu'on se faisait un magasin.

Sur les images, on voit un groupe de jeunes qui charge en direction de la caméra, puis une bousculade pendant laquelle on aperçoit certains des visages de ceux qui sont sur le toit. Saïd est interrompu dans son visionnage.

BENOÎT. – C'est trop con, si je m'étais laissé tabasser j'aurais pu passer à la télé et me faire un max de blé. Comme l'autre aux USA… Rodney King. Un bâton dans la gueule pour dix bâtons dans la poche.

SAÏD. – Si tu veux je te mets une patate et je te dépanne de dix francs.

Nordine regarde son petit frère en se marrant.

NORDINE. – Alors Saïd, toujours pas une thune en poche ?

SAÏD. – En ce moment je suis comme un crevard. Mais je vais me refaire, Vinz attend du shit.

NORDINE. – C'est Vinz qui te fournit maintenant ?

SAÏD. – Pourquoi ?

NORDINE. – Qu'est-ce que tu traînes encore avec lui ? Encore Hubert ça va, je le respecte grave, mais un Feuj* !

SAÏD. – Oh nooon, tu vas pas recommencer !

NORDINE. – Tout le monde me demande ce que tu fous avec eux. On me dit : "Nordine, qu'est-ce qui lui prend à ton frère ? On sent mauvais pour lui ou quoi ?"

Saïd ne veut pas entrer dans cette discussion. Il regarde Vinz et Hubert assis un peu plus loin.
Nous passons près des garçons. Vinz roule un joint pendant qu'Hubert regarde deux jeunes en train de s'entraîner à la boxe thaï.

VINZ. – Alors le juge il m'a proposé, soit un mois ferme et deux mois de sursis, soit de faire des trucs de travaux machins, pour la ville.

HUBERT. – Des travaux d'intérêt général.

VINZ. – T'en as fait toi ?

Hubert répond par la négative.

VINZ. – Non, moi non plus je veux pas en faire. Nique leur mère à ces bâtards. Je préfère un mois de placard, t'es pas d'accord ?

HUBERT. – Un mois de placard c'est long Vinz.

VINZ. – C'est pas grave, je vais bouffer tranquille et puis de toute façon j'ai rien à faire dehors… Et puis je suis un des derniers à ne pas avoir fait de zonzon.

HUBERT. – Tirer un mois pour vol à la tire, c'est pas super-glorieux.

VINZ. – C'est pas à ton niveau, mais c'est déjà ça.

HUBERT. – J'ai jamais fait de placard moi.

VINZ. – Parce que tu t'es jamais fait coincer.

HUBERT. – Parce que je me suis arrêté à temps.

* Feuj signifie juif.

Centre d'Education

François Mitterrand
Président de la République française
TERIEUR
la Police
AVIS de CREDIT
ILLE

UR
DEL

Ils sont interrompus par un jeune qui est penché au bord du bâtiment et qui regarde en bas.

JEUNE "MAIRE". – Eh les mecs, venez voir qui vient nous rendre visite.

Vinz et Sam se lèvent d'un bond.
Hubert reste assis et continue de regarder les boxeurs.

Vinz, Saïd et quelques autres se penchent au bord de l'immeuble pour apercevoir en bas une délégation entourée par la police.

JEUNE "MAIRE". – C'est le maire ! *(Il met ses mains en porte-voix et hurle vers le sol.)* EH LE MAIRE... NIQUE SA MÈRE AU MAIRE !!!

Tout le monde rigole et rajoute une insulte du même genre. Mais ils sont bientôt interrompus par un groupe de policiers qui viennent de faire irruption sur le toit. Instantanément deux groupes se forment, d'un côté les membres des forces de l'ordre dont certains sont en civil avec un brassard POLICE *au bras, de l'autre côté les lascars qui font masse.*
Un des policiers s'avance.

CHEF TOIT. – Qu'est-ce qu'il se passe ici... Vous vous croyez à Euro Disney ? Vous n'avez pas le droit de monter sur les toits comme ça. Il faut descendre.

NORDINE. – Ça va, on fait rien de mal.

CHEF TOIT. – C'est pas histoire de faire quoi que ce soit, c'est l'histoire qu'il faut descendre.

SANTO. – Vous êtes lourds. On est tranquilles ici.

Un autre inspecteur s'avance.

INSPECTEUR TOIT. – Il faut descendre.

VINZ. – On vous a appris qu'une seule phrase à l'étable ?

Tension.

CHEF TOIT. – Ecoutez, c'est pas la peine de discuter : il n'est pas question de rester ici, alors vous ramassez vos petites affaires, vos chaises longues et vos merguez et tout le monde descend dans la joie et la bonne humeur.

NORDINE. – Et tu vas t'y prendre comment pour nous faire descendre ? *(Il indique les autres policiers.)* Tu vas utiliser tes chiens ou tu vas le faire toi tout seul dans ton petit costume ?

Samir, un jeune inspecteur arabe, s'avance.

SAMIR. – Ecoute Nordine, on fait seulement notre boulot.

NORDINE. – Toi déjà, je te connais pas, alors tu m'appelles pas par mon prénom.

Les regards sont lourds de signification et de défi. Se rendant compte de leur impuissance, le chef se dirige vers l'escalier suivi par ses collègues.
Nordine et Samir restent face à face un moment, puis ils redescendent sous les insultes du groupe.

NORDINE. – Pour qui ils se prennent ces fils de pute.

VINZ. – On les encule !!! On est chez nous ici.

NORDINE. – Ceux qui veulent rester restent, les autres descendent, y a pas d'embrouilles.

SAÏD. – Moi je reste.

NORDINE. – Toi tu descends.

SAÏD. – Vas-y Nordine, laisse-moi rester.

NORDINE. – T'es sourd ?! J'ai dit quoi ?

SAÏD. – "Tu descends."

NORDINE. – Alors tu fais quoi ?

Hubert est à côté de la porte.

HUBERT. – Bon vous venez ?

Saïd regarde Vinz. Celui-ci hésite et se dirige vers la sortie en faisant la gueule.

VINZ. – Vous êtes relou, on peut jamais s'amuser avec vous.

Hubert soupire.

12

HALL IMMEUBLE… INT. JOUR

Le groupe des trois, plus quelques autres, déboule de l'escalier dans le hall de l'immeuble.
Ils marquent un temps d'arrêt, le hall est bondé de policiers qui font barrage pour empêcher le groupe de sortir.

SAÏD *(doucement).* – Relou.

L'ambiance est au "on ne discute pas", d'ailleurs personne n'a vraiment envie de discuter.
Derrière les policiers, on peut apercevoir le petit comité du maire, entouré par des journalistes, qui s'approche de l'immeuble.
On comprend la manœuvre des policiers qui veulent éviter toute rencontre fortuite.

Au bout d'un moment Vinz s'avance mais se fait repousser par le policier dont il s'était moqué sur le toit.

INSPECTEUR TOIT *(poussant Vinz).* – Où tu vas rigolo ?

Vinz fait face au policier.

VINZ. – J'ai un trou de mémoire à ton sujet... Ton prénom c'est Starsky ou c'est Hutch ? Je confonds toujours.

Hubert vient s'interposer entre les deux hommes et prend Vinz par le bras.
Celui-ci ne lâche pas le policier des yeux.

HUBERT. – Laisse couler tu vas te faire embarquer, ça sert à rien.

VINZ. – Regarde ce trou du cul qui se la pète à la Clint Eastwood.

Le policier ne réagit pas, prenant sur lui en se forçant à ne pas bouger.
Le chef des policiers s'adresse à Hubert en montrant Vinz.

CHEF TOIT. – Tu ferais bien de dire à ton copain de se calmer ou il va lui arriver des bricoles.

Hubert se met face au policier.

HUBERT. – On se tutoie maintenant ? On a gardé les cochons ensemble ?

Hubert n'est absolument pas impressionné par le policier. C'est une facette du personnage qu'on découvre. Le policier ne réagit pas, Hubert a un soupir de mépris pour le policier.
Vinz sourit de voir son ami réagir de la sorte. Hubert regrette déjà.

Des cris, venant de la délégation accompagnant le maire qui est maintenant au pied de la tour, font se retourner tout le monde.

A L'EXTÉRIEUR, une chaise de camping s'écrase aux pieds de la délégation suivie par une multitude d'objets plus ou moins contondants jetés par les jeunes restés sur le toit.

Dehors c'est la panique. La délégation est escortée vers des lieux plus calmes par les policiers qui essaient de gérer la bousculade. Une partie des policiers tente de remonter dans l'escalier pour accéder aux toits. Ils se font arrêter par le chef qui les rappelle à l'ordre.

CHEF TOIT. – Personne ne monte !!!! On reste ici et on attend qu'ils se calment. On prend pas le risque d'une bagarre sur un toit.

Vinz, Hubert, Saïd et le reste du groupe s'éclipsent, plus ou moins discrètement.

13

CITÉ... EXT. JOUR

Les trois marchent dans la cité, ils croisent parfois des jeunes et se saluent. Saïd est en pleine discussion.

SAÏD. – Quand la meuf revient dans la chambre, elle portait un slip qui rentre dans le cul, tu sais les trucs là...

VINZ. – Un string.

SAÏD. – Un quoi ?

HUBERT. – Un string, abruti.

SAÏD. – En tout cas, je l'ai niquée comme un sauvage et la meuf en redemandait comme une folle je te dis...

VINZ. – Tout ce que t'as niqué c'est le vent.

SAÏD. – Vas-y de quoi tu parles là, tu la connais la meuf ? Tu me traites de menteur ?

SAÏD. – Quoi ???

VINZ. – Elle est positive depuis un an.

SAÏD. – Quoi ?????? Tu déconnes ?

Un moment de silence pendant lequel Saïd réfléchit, puis ils sont interrompus par une équipe de journalistes qui fait son apparition au volant d'une voiture banalisée. Une journaliste tend un micro par la portière pendant qu'un caméraman filme depuis sa place à l'arrière.

LA JOURNALISTE. – Bonjour, c'est la télé, on peut vous parler ? Vous êtes au courant de l'arme du policier qui circule dans la cité ? Vous savez qui l'a trouvée ? Et vous-même qu'est-ce que vous feriez avec ?

SAÏD. – On ressemble à des voyous pour vous ?

LA JOURNALISTE. – Je ne voulais pas dire ça...

HUBERT *(sincère)*. – Pourquoi vous ne descendez pas de la voiture ? On est pas à THOIRY ici.

LA JOURNALISTE. – Parce qu... parce qu'on est en retard, on a beaucoup de boulot.

Vinz se met à insulter la journaliste.

VINZ. – Vous avez du boulot ? Comme quoi ? Foutre la merde, chercher un truc bien baveux pour faire un scoop ? Pour qui tu te prends de venir chez moi et de te la péter comme un enculé ? Dégage de mon quartier avant qu'on vous crame, bande de bâtards. On est pas à THOIRY !

NB. Ce que le journaliste filme sera repris plus tard dans le cours de l'histoire.

Vinz fait un pas en avant, le chauffeur de la voiture ne s'attarde pas.

SAÏD. – Qu'est-ce qu'ils ont tous aujourd'hui ?

Ils s'éloignent.

VINZ *(à Hubert)*. – C'est quoi THOIRY ?

HUBERT. – C'est un zoo qu'on traverse en voiture.

Ils pénètrent dans un autre hall d'immeuble défoncé.

14

APPART DARTY... INT. JOUR

Une porte s'ouvre sur Darty, un jeune Antillais en caleçon et dans le coaltar.

DARTY *(fort accent martiniquais)*. – Qu'ess' tu fous ici ? T'es malade de me réveiller si tôt.

SAÏD. – Arrête tu vas me faire pleurer, il est presque treize heures.

Saïd et les deux autres rentrent dans un appartement qui est un grand deux-pièces presque vide, dont un des murs est couvert de cartons d'emballage de matériel électronique.
Contrastant avec le manque de meubles, une installation audio-vidéo ultramoderne fait face au lit. Trônant au milieu de ce matériel high-tech, un vieux poste de télévision grésillant et à l'image déformée fait tache. Vinz s'installe sur le lit.

VINZ. – Tu t'es toujours pas trouvé une vraie télé ?

Vinz tape dessus pour rétablir l'image qui se barre en couilles.
Phil-Darty soupire.

PHIL. – J'ai d'autres problèmes. Et puis celle que je veux elle est trop grosse à sortir des stocks de toute façon.

SAÏD. – T'étais où hier soir, je suis passé.

DARTY. – T'es pas au courant ?

SAÏD. – De quoi ?

DARTY. – Tu connais le petit frère de Foued ?

SAÏD. – Lequel Foued ? Celui qui a les bécanes ?

DARTY. – Pas lui, l'autre, celui qui voulait partir aux USA. Tu le connais ?

SAÏD. – Ouais pourquoi ?

DARTY. – Tu sais pas où il réside par hasard ?

SAÏD. – Pourquoi ?

DARTY *(s'énervant)*. – Parce que cette nuit avec vos émeutes de sauvages, il a brûlé la voiture du Portugais d'en face...

SAÏD. – Et alors ?

HUBERT. – Et alors il était garé à côté.

Hubert, qui tourne le dos à tout le monde, regarde par la fenêtre des enfants de six à dix ans en train de faire des grimaces à des policiers qui prennent la déposition du propriétaire d'une voiture brûlée.

Saïd et Vinz se dirigent vers la fenêtre. Darty préfère rester à l'écart, trop énervé pour supporter un tel spectacle.

A côté de la voiture du Portugais qui s'explique avec le policier se trouve une superbe voiture... fondue.

SAÏD. – Oh noooon... On dirait un vieux cendrier.

VINZ. – Le système stéréo aussi a brûlé ?

DARTY *(les larmes aux yeux)*. – Tout.

VINZ. – Et pourquoi ils ont brûlé l'autre bagnole ?

DARTY. – Qu'est-ce que j'en sais moi ?

HUBERT. – Il y a une semaine, le Portugais il a tapé le frère de Farid parce qu'il lui avait mal parlé.

DARTY. – Résultat, c'est moi qui paie. *(A Saïd.)* Vous êtes vraiment des sauvages, pourquoi vous vous comportez comme ça ? Qu'est-ce que je vous ai fait ?

SAÏD. – Reste tranquille mec, j'ai pas touché à ta caisse moi.

DARTY *(continuant)*. – Moi je travaille toute la sainte journée pour payer les traites de la voiture et voilà le résultat. Elle est belle, votre mentalité. Brûler les voitures des gens bien... Allez brûler les cars des flics au lieu de vous en prendre à nous !...

VINZ. – Je te rappelle qu'il y en a un des nôtres qui est en train de crever.

DARTY. – Mais c'est pas mon problème, ça. Mon problème c'est d'aller au boulot le matin avec ma voiture.

VINZ. – Arrête de me faire rire. Il est à deux cents mètres, le centre commercial.

DARTY. – Pourquoi je cause avec toi de toute façon, vous avez aucune valeur des choses importantes. Vous êtes tous les mêmes, y en a pas un pour relever l'autre. *(A Saïd.)* Alors tu sais où il habite le frère de Foued ?

SAÏD. – Moi je suis venu chercher mes thunes, c'est tout ce que je sais !

DARTY. – C'est Astérix qui l'a ton blé.

SAÏD. – Tu déconnes ! Nooooon. Tu me mets en galère... Comment je vais le récupérer maintenant ?

Vinz interrompt Saïd. Le JT présente des images d'émeutes qu'on a déjà vues au générique de début mais que les quatre garçons voient pour la première fois.

SAÏD. – Nooooon, t'as vu David ? C'était David ? L'enculé, il a réussi à se faire filmer... C'était David ?

DARTY. – Regarde bien si tu vois pas le frère de Foued.

Mais avant que Saïd puisse vérifier, la télé se barre en couilles, brouillant l'image et le son.

DARTY. – Vous devez être contents. Il paraît qu'un des flics a perdu son flingue dans la cité cette nuit.

SAÏD. – C'est trop puissant à la vérité.

DARTY. – Tout ce que j'espère, c'est que celui qui l'a trouvé il se défoule pas sur les gens de la cité... Allez brûler la capitale un peu, ça nous fera du changement.

VINZ. – Tu m'étonnes qu'on va les brûler ces fils de pute.

Hubert soupire.
Dehors, le jeune policier encaisse sans broncher les moqueries des enfants.

15

PARC... EXT. JOUR

Assis dans un parc, Hubert, Vinz et Saïd écoutent Sam un garçon de quatorze ans qui raconte une blague.

SAM. – Alors le mec connu il est sûr de se faire griller par la caméra cachée et son copain qui est au courant de ça il a organisé avec les mecs de la caméra cachée un traquenard pour faire croire au mec connu qu'il est en train de se faire piéger. Tous les jours le mec connu il va bouffer dans le même restau et il est certain que s'il se fait griller, ce sera dans le restau, et les autres ils se sont arrangés pour lui faire croire qu'ils sont en train de le piéger... *(A Vinz.)* Tu me suis ?... Alors ils s'arrangent pour que le mec connu il se rende compte que la caméra cachée est dans le restau. Il voit le camion de la télé dehors, il aperçoit une caméra derrière un miroir, et même le mec qui est avec lui il fait semblant de faire des trucs bizarres. Tu me suis ?... Alors le mec connu il sait qu'il est piégé, et il fait semblant de jouer le jeu, il croit qu'il va griller les mecs de la caméra cachée... Tu me suis ? Mais le truc trop fort, c'est que le piège, *y en a pas*... Le mec connu il flippe sa mère, parce qu'il croit que TOUT peut lui tomber sur le coin de la gueule. Et les autres ils ont rien préparé, ils le filment simplement en train de chier dans son falzar à attendre l'embrouille.

VINZ. – Et alors ?

SAM. – Alors, le mec connu, on le voit qui transpire sa race, qui fait semblant d'être cool et chaque fois que le serveur passe, il se prépare à n'importe quoi.

VINZ. – Et alors ?

SAM. – Attends Vinz, vas-y, laisse-moi terminer.

VINZ. – Ben vas-y, termine au lieu de discuter.

SAM. – Laisse-moi terminer alors. *(Revenant à son histoire.)* Alors à un moment y a un mec qui se lève et qui s'approche du mec connu pour lui demander un autographe puisqu'il est connu, et le mec connu, il croit que c'est ça l'embrouille, et il se met à partir en couilles et à délirer sur l'autre mec qui comprend pas ce qui se passe. *(Sam commence à se marrer.)* Et le mec à l'autographe il commence à s'énerver et ils commencent à s'embrouiller parce que le mec connu il est sûr que c'est une fausse embrouille, alors il est hyper-sûr de lui et il se la pète, il se la joue super-chaud à la baston... C'est les mecs de la caméra cachée qui les ont séparés... C'était trop mortel.

SAÏD. – C'était qui, le mec connu ?

SAM. – J'sais plus, mais il était connu.

A une dizaine de mètres, une vieille R20 pourrie tourne le coin de la rue. De loin, un des occupants fait un signe à Saïd. Celui-ci va à sa rencontre.
Les autres observent ce qu'il se passe.

JEUNE PARC. – Ça pue l'embrouille.

Les deux jeunes s'éloignent.
Hubert joue du pied une seringue souillée plantée dans le sable.
Saïd revient et au loin la voiture démarre.

VINZ. – Ils cherchent qui ?

Saïd a perdu un peu de sa morgue, peut-être parce qu'il sent que la morgue n'est pas loin.

SAÏD. – La vengeance. Ils ont un pompe... Je crois qu'il y avait le frère d'Abdel parmi eux.

Les garçons se regardent, ils savent ce qu'il se passe. Ils restent silencieux un instant. Un ange armé d'un fusil à pompe passe discrètement.

HUBERT. – Vous voulez pas passer voir Abdel à l'hôpital ?

VINZ. – J'ai un truc à vous montrer avant.

16

PARKING... INT. JOUR

Une main enlève un tissu et dévoile une arme, un pistolet, posé sur le sol d'un parking en sous-sol. Les trois amis entourent l'arme en silence.

VINZ. – Smith & Wesson 44 magnum coupé court. Entièrement chromé.

HUBERT. – C'est quoi ça ?

VINZ. – Le flingue du keuf.

SAÏD. – Noooon, alors c'est toi qui l'as trouvé.

VINZ. – Ouais, c'est moi qui l'ai trouvé. Au pied de la tour C.

Le pistolet brille dans la pénombre, qui lui donne une allure étrange, presque sacrée. Saïd est fasciné par l'objet que Vinz manipule avec l'adresse de quelqu'un qui a vu trop de films.
Il fait tourner le barillet, réenclenche le chargeur d'un coup de poignet, et arme le chien tout en parlant.

VINZ. – Tu te rends compte que ces bâtards se promènent avec ça sur eux. Tu stoppes net un buffle en pleine course.

SAÏD. – Un calibre de keuf, c'est chaud, Vinz.

VINZ *(à Hubert)*. – Il est beau, tu trouves pas ?

Hubert s'empare de l'arme et la manipule lui aussi avec dextérité, mais on peut sentir que cette adresse ne lui vient pas des films qu'il aurait pu voir.
Tout en manipulant le flingue il vise dans le vide puis, d'une manière insidieuse, dirige le canon vers Vinz qui retient un peu sa respiration.

Un moment de flottement pendant lequel Hubert observe Vinz qui flippe, avant de changer de ton d'un seul coup et de rendre l'arme à Vinz.

HUBERT. – Qu'est-ce que tu vas en faire ?

VINZ. – On verra si Abdel meurt.

HUBERT. – Tu veux tuer un flic ?

VINZ. – Tu connais un autre moyen pour se faire respecter ?

HUBERT. – Et buter un flic, ça va ramener le respect ?

VINZ. – Le respect je sais pas, mais en tout cas ça rétablira la balance.

HUBERT. – Qu'est-ce qui t'arrive Vinz, si tu voulais un flingue, t'avais qu'à le demander. Les calibres c'est pas ça qui manque ici.

VINZ. – C'est pas pareil, c'est pas un flingue comme les autres.

HUBERT. – Et alors ? Tu te crois en mission ?

VINZ. – De quoi tu me parles de mission… Non, c'est moi qui ai trouvé le flingue, c'est tout.

HUBERT. – Et ça va lui faire du bien à Abdel ?

VINZ. – J'en sais rien, mais ça NOUS fera du bien.

HUBERT. – Tant mieux, parce que j'ai jamais vu les problèmes se résoudre par la vengeance.

VINZ. – Et moi j'ai jamais vu les problèmes se résoudre tout seuls.

Ils viennent tous les deux de marquer un point.

HUBERT. – Tu te barres en couilles Vinz… Moi je veux pas en entendre parler.

Hubert se lève et part, trop énervé pour continuer la discussion.
Il y a un silence pendant lequel Vinz a un vilain geste silencieux en direction d'Hubert qui s'éloigne.
Saïd regarde Vinz, le flingue, puis revient à Vinz.

SAÏD *(philosophe)*. – Remarque, avec une pièce comme ça, t'es le roi dans la cité…

Saïd aussi s'éclipse à la suite d'Hubert.
Vinz regarde l'arme à feu, hésite, la remet dans son torchon, la ressort, maudit Hubert, puis la remet dans sa cachette, se lève et sort

du champ. Puis après quelques secondes il revient près de la cachette avec l'air déterminé et sort l'arme qu'il bloque derrière son jean. Saïd réapparaît dans le fond.

SAÏD. – Qu'est-ce que tu fous, tu ponds un œuf ?

VINZ. – Ça va, vous allez pas me faire un caca nerveux, j'arrive.

Vinz s'assure que son vêtement cache bien l'arme dans son dos. Vinz entre dans un couloir sombre…

17

COULOIR HÔPITAL… INT. JOUR

… pour ressortir de la pénombre d'un ascenseur. Les trois garçons atterrissent dans un couloir d'hôpital.

Le couloir est long et froid, mais au loin on peut apercevoir l'effervescence d'une petite foule qui s'anime. Ils voient la famille d'Abdel dont la mère pleure, entourée de ses filles, de son mari, et surtout des journalistes qui circulent autour d'eux comme des mouches. Un représentant de SOS Racisme fait une déclaration à la presse qui lui préfère les larmes d'une mère pour cause d'audimat.

La démarche de Vinz a sensiblement évolué. Il paraît plus grand, plus baraqué, plus massif… Et il fait tout pour arrêter le tremblement nerveux de ses mains.

Hubert avance dans le couloir suivi par Saïd et Vinz, mais très vite, un policier en uniforme leur bloque le passage. Il est jeune, environ le même âge qu'eux, et parle sur un ton très doux.

POLICIER. – Excusez-moi, personne ne peut pénétrer ici.

HUBERT. – Nous venons voir Abdel, c'est un ami.

POLICIER. – Je comprends, mais je suis désolé, j'ai ordre de ne laisser rentrer personne.

HUBERT. – On veut seulement le voir, on repart tout de suite, on veut pas faire d'histoire…

SAÏD. – C'est un ami.

POLICIER. – De toute façon, les médecins ne vous laisseront pas le voir. Il est dans le coma. Je suis désolé.

VINZ. – Puisqu'on vous dit que c'est un ami, on vient pas foutre la merde.

En une phrase Vinz vient de créer une tension dans l'air. Le policier s'en rend compte mais ne change pas de ton, très poli. Vinz est extrêmement tendu et essaie de contrôler sa respiration. Hubert soupire de fatigue en voyant Vinz partir au quart de tour.

POLICIER. – Comprenez-moi, je ne *peux* pas vous laisser rentrer, je me ferais virer.

Sentant une faiblesse, Vinz passe à la vitesse supérieure.

VINZ. – C'est ça, obéis à tes chefs, t'as que ça à faire.

POLICIER. – S'il vous plaît, ne commençons pas sur ce registre. Il y a la famille présente, essayons de respecter leur tranquillité.

SAÏD. – Avec les bâtards de journalistes qui sont là, vous êtes sûr que vous empêchez les bonnes personnes d'entrer ?

POLICIER. – S'il vous plaît ne restez pas là, vous ne pouvez pas rester là.

VINZ. – Qu'est-ce que tu crois, qu'on est là pour le plaisir ? Tu crois que je vais bouger d'ici ? Tu vas t'en charger ? Viens, fais un geste, je suis là, je bouge pas. Tu vas me tirer dessus ?

Vinz se recule, il écarte les bras par défi.
Il glisse son bras dans son dos, discrètement, sa main tremble.
Hubert s'apprête déjà à rebrousser chemin, il prend l'attitude de Vinz pour une de ces provocations dont il a le secret. Il ne se doute pas que Vinz est à la limite de sortir son arme.

HUBERT *(énervé)*. – Vinz, laisse-le, il fait seulement son boulot.

Saïd regarde Vinz qui pompe de l'adrénaline, et se rend compte de quelque chose d'anormal dans son comportement.

Alertés par les cris de Vinz, trois autres policiers en uniforme arrivent. Un des trois, le plus vieux, s'impose tout de suite comme un flic à qui on ne la fait pas.

LE VIEUX *(au jeune)*. – Qu'est-ce qui se passe ici ?

POLICIER. – Tout va bien, ces personnes allaient partir.

Vinz ouvre la bouche pour répliquer, mais Saïd, qui comprend ce qui se passe, coupe la parole à Vinz.

SAÏD *(coupant la parole à Vinz, menaçant).* – On ne bouge pas d'ici avant de voir Abdel.

LE VIEUX. – Tu ferais mieux de dégager vite fait avant que je t'embarque.

SAÏD *(s'inspirant maladroitement de son frère).* – M'embarquer ? Et tu vas faire ça avec ton petit chien en costume ?

On sent un peu de flottement dans le groupe, chacun essaie de comprendre ce que Saïd a voulu dire. Puis le vieux policier joint le geste à la parole et s'empare de Saïd qu'il immobilise de manière très "pro" et pousse dans un couloir avant que ce dernier ait pu résister.

LE VIEUX *(aux autres flics).* – Faites dégager les deux autres.

Les portes du couloir se referment sur Hubert, Vinz et le flic qui embarque Saïd, sans résistance. Hubert et Vinz n'ont pas encore réalisé ce qui se passe et sont face aux trois policiers qui restent.

POLICIER 1. – Ecoutez, on peut faire ça à la manière douce, ou à la dure.

Encore une fois, Vinz est coupé dans son élan par l'arrivée de Samir.

SAMIR *(aux policiers, montrant sa carte).* – Qu'est-ce qu'il se passe, je les connais.

POLICIER 1. – Ces jeunes gens ont commencé à faire du scandale, nous avons été contraints d'embarquer le chef.

SAMIR *(à Hubert).* – Saïd. Le chef ?

18

VOITURE SAMIR... INT. JOUR

Samir conduit. C'est un beur d'une trentaine d'années, un "grand frère", mais c'est surtout un flic qui travaille dans la cité. Hubert est assis à l'avant.
Vinz, derrière, regarde la cité qui défile par la fenêtre. Il est nerveux.

SAMIR. – Vous pouvez pas comprendre qu'on vous laissera pas rentrer dans l'hôpital avec tout ce qui se passe ? Ils ont seulement fait leur boulot.

VINZ. – Avec Abdel aussi ils ont seulement fait leur boulot ?

Samir marque un temps.

SAMIR. – Tu mélanges les choses, les connards qui ont tabassé Abdel vont être condamnés. *(Vinz sourit.)* Con-da-mnés. Les autres là-haut, ils sont là pour protéger Abdel et sa famille. La majorité des flics dans la rue sont pas là pour vous taper, ils sont là pour vous protéger !

HUBERT *(très calme)*. – Vous êtes là pour nous protéger ? Mais qui nous protège de vous ?

Silence.
Samir soupire.
La voiture s'approche du commissariat protégé par les CRS. Samir montre sa carte et la barrière se lève.
Vinz regarde avec inquiétude la barrière qui s'abaisse après leur passage.
Ils pénètrent dans l'enceinte du commissariat.

La gueule du loup.

19

COMMISSARIAT... INT. JOUR

Vinz et Hubert sont immobiles au milieu d'un commissariat dont les vitres ont été brisées.
Vinz transpire car l'arme qu'il porte dans le dos pèse soudain des tonnes.
Hubert, un peu en retrait, observe le monde qui l'entoure.
Autour d'eux, des CRS et des policiers passent en les regardant.
Un peu plus loin, deux policiers dorment assis sur un banc à côté d'une cage dans laquelle sont enfermés une dizaine de jeunes. Un d'eux fait un signe de victoire. Hubert répond discrètement.
Au milieu de tout ce merdier, Samir réapparaît accompagné de Saïd vociférant et du vieux policier aperçu à l'hôpital.

LE VIEUX *(à Samir).* – Et qu'on ne les y reprenne plus.

SAÏD. – Bonne réplique. T'aurais dû faire du cinéma.

LE VIEUX. – Eh, surveille ton langage.

SAÏD. – Surveille ta mère toi-même, connard.

Ils se dirigent vers la sortie. Samir colle une petite claque sur la tête de Saïd.

SAMIR. – La prochaine fois que tu me fais passer pour un clown devant mes collègues, je les laisse transférer ton cul d'Arabe au commissariat central jusqu'à ce que ton frère vienne te chercher.

SAÏD *(minable).* – J'ai rien demandé, moi.

SAMIR. – Je l'ai pas fait pour toi, mais pour ton frère. J'ai pas envie qu'il te découpe en morceaux dans une cave.

Samir et les deux autres continuent, Saïd, un peu minable, reste en retrait.

SAÏD *(doucement).* – C'est toi la cave.

20

COULOIR HÔPITAL... INT. JOUR

Le trio accompagné par Samir avance dans un couloir d'hôpital.
Il n'y a plus de journalistes ni de délégués antiracistes. Au loin, le jeune policier les voit arriver, Samir fait signe que tout va bien.
Ils s'arrêtent au niveau d'une chambre, dont un des murs est en verre opaque, traversé d'une bande de verre transparent. Ils regardent à travers cette bande. Saïd, le plus petit, est obligé de se mettre sur la pointe des pieds.

A l'intérieur de la chambre d'hôpital, un lit dans lequel gît Abdel. Il est bardé de tuyaux, dans le nez, la bouche, intraveineuse. Les trois garçons ne voient pas vraiment Abdel, mais plutôt un corps qui serait passé sous un trente-huit tonnes. Les parents d'Abdel sont à ses côtés. Le père d'Abdel lève les yeux vers les ombres derrière la vitre. Par respect, les ombres s'éclipsent.

Les trois garçons sont silencieux. Samir les attend, un peu à l'écart.

LSBK
LSB

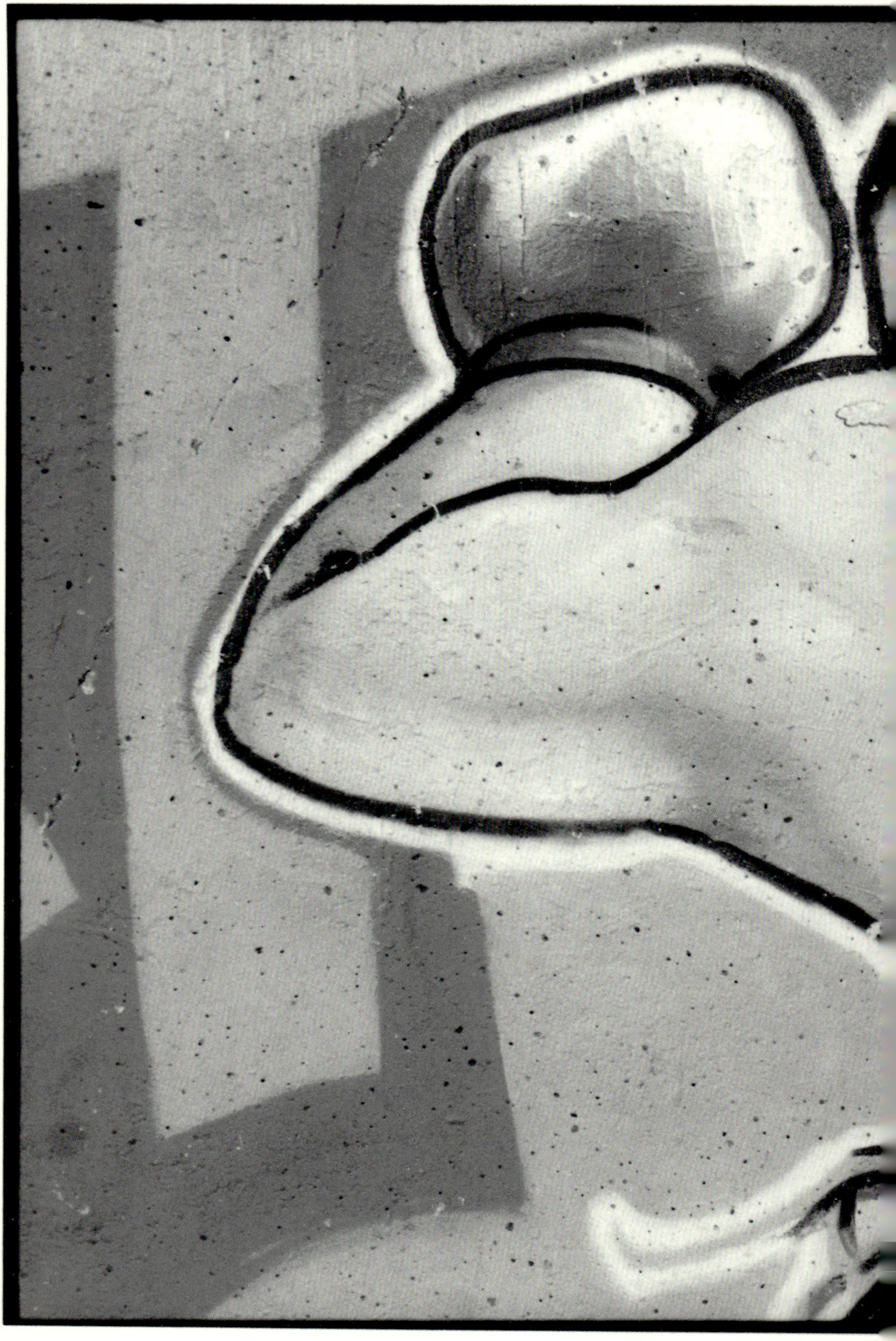

PLACE DE LA LANCE

PLACE DE LA LANCE

21

RUE CITÉ... EXT. JOUR

Le trio accompagné de Samir marche dans la cité.

SAMIR *(à Hubert).* – J'ai appris pour la salle de boxe, si tu veux, je peux te pistonner pour d'autres subventions. Je suis sûr que tu peux obtenir une autre salle de gym.

HUBERT. – Je ne le ferai pas... *(Il désigne un groupe de jeunes dans la rue.)* C'est plus dans des sacs de boxe qu'ils ont envie de taper.

SAMIR. – Je sais plus comment faire. Il y a quelques années j'avais encore un dialogue possible avec eux... Plus maintenant. Encore moi, ça va, ils me connaissent depuis longtemps, mais imagine un jeune flic qui débute plein de bonne volonté, il tient pas plus d'un mois.

SAÏD. – Et un Arabe dans un commissariat, il tient pas plus d'une heure.

Samir ne relève pas.

SAMIR. – Il faut que j'y aille. Essayez de garder la tête froide.

VINZ *(sarcastique).* – On va essayer.

Samir serre la main à Saïd, à Hubert, puis il tend la main à Vinz mais celui-ci l'ignore.
Samir va dans une direction et le trio s'éloigne dans la rue.
Hubert est le seul à remarquer la R20 du frère d'Abdel qui patrouille au loin.

VINZ *(à Saïd).* – Qu'est-ce qui te prend de lui serrer la main ?

SAÏD. – Il a toujours été réglo avec moi, j'ai pas de raison de le mettre à l'amende.

VINZ. – C'est un poulet, t'as pas à lui serrer la main.

SAÏD. – Va lui tirer une balle si tu veux, mais moi tant qu'il est vivant je lui serre la main... T'es fatigant, Vinz.

VINZ. – Et toi t'es inconscient... J'aurais dû lui tirer une balle à ce bâtard.

Vinz montre discrètement son arme derrière son dos.

SAÏD. – Je le savais ! T'étais louche à l'hôpital.

VINZ. – Qu'est-ce que tu crois, tu crois que je rigole ?

Hubert se retourne et voit l'arme.

HUBERT. – Et tu nous as pas prévenus ??!!

VINZ. – Je croyais que tu voulais pas en entendre parler ?

HUBERT. – Parce que je te croyais pas aussi teubé* pour le prendre sur toi !

VINZ. – Ça va, je suis un grand garçon… Tu vas pas me faire la morale ?

HUBERT. – Je vais pas te faire la morale, je vais te défoncer.

Hubert fait un pas vers Vinz qui a un mouvement de recul. Saïd s'interpose.

SAÏD. – Eh… Qu'est-ce qui vous arrive ? Vous allez pas vous taper dessus !?

Vinz essaie de tenir tête à Hubert mais on ne le sent pas très à l'aise. Hubert essaie de se calmer, puis après un temps, fait demi-tour et s'éloigne.

Saïd et Vinz le regardent s'éloigner.

SAÏD. – Qu'est-ce qu'il a Hubert ?

VINZ. – Il réfléchit trop, voilà ce qu'il a.

22

APPART HUBERT… INT. JOUR

Hubert pénètre dans un appartement vide de meubles, à l'exception d'une grande table au milieu de la pièce principale. Au bout de la table, une machine à coudre et un tas de vêtements.
Hubert va embrasser sa sœur d'une dizaine d'années, en train de faire ses devoirs.

* Teubé signifie bête.

HUBERT. – Où est maman ?

SŒUR HUBERT. – Lis-moi ça et dis-moi ce que tu comprends.

Elle lui tend son livre de classe.

HUBERT. – J'ai pas le temps.

SŒUR HUBERT. – Hub !

Le regard de la petite sœur oblige Hubert à jeter un œil sur le problème. Hubert lit le manuel scolaire avec difficulté. Il essaie de dissimuler ses lacunes.

HUBERT. – OK j'ai lu, et alors ?

SŒUR HUBERT. – C'est quoi la réponse ?

Hubert rejette un coup d'œil rapide au problème.

HUBERT. – Je sais pas moi.

SŒUR HUBERT. – Tu sais jamais de toute façon.

HUBERT. – C'est ça… Elle est où maman ?

SŒUR HUBERT. – Cuisine.

23

CUISINE… INT. JOUR

Hubert arrive dans la cuisine dans laquelle sa mère, une femme jeune, belle, et extrêmement enceinte, prépare le repas.

HUBERT. – Maman. Ça va ?

Il embrasse sa mère puis pose la tête sur son ventre.

HUBERT. – Comment va le petit frère ?

MÈRE HUBERT. – Lui il va bien… Par contre ton autre frangin nous a écrit. Il veut des livres scolaires.

HUBERT. – Qu'est-ce qu'il a encore inventé, Max ?

MÈRE HUBERT. – Il veut profiter de son temps pour passer son bac.

HUBERT. – Ils ont pas une bibliothèque en prison ?

MÈRE HUBERT. – Au prix où sont les livres scolaires, je sais pas comment je vais me débrouiller.

HUBERT. – Au fait... J'ai l'argent pour l'EDF.

Hubert sort l'argent que lui a donné le jeune précédemment et glisse la liasse sous un pot de confitures.

Sa mère le voit faire mais ne dit rien... Elle soupire.

24

SALLE A MANGER... INT. JOUR

Hubert est attablé avec sa sœur à la table de la salle à manger.
Sa mère est en train de faire de la couture sur la vieille machine à coudre qui apparemment ne fonctionne pas très bien.
Dans un coin, la télévision diffuse les infos de la mi-journée.
La mère a soudain un petit mouvement, le bébé vient de bouger.

HUBERT. – Toujours pas de nouvelles du père ?

MÈRE HUBERT. – Pas de nouvelles, bonnes nouvelles, mais je pense pas qu'il va signer la reconnaissance de paternité.

HUBERT. – C'est pas grave, ce sera un bâtard, comme moi.

MÈRE HUBERT. – Tu t'es renseigné pour une nouvelle machine ? Il faut vraiment que j'en change, celle-là est au bord de la crise cardiaque.

HUBERT. – J'ai mis Darty sur le coup.

MÈRE HUBERT. – C'est lequel Darty ? Le receleur de la tour B ?

HUBERT. – Non, c'est celui de la tour D.

MÈRE HUBERT. – Je le connais pas, celui-là. Tu penses qu'il pourrait nous fournir les livres scolaires aussi ?

Hubert sourit, mais son attention est attirée par la télévision. Il regarde les infos.

TÉLÉ. A l'image, un journaliste qui se trouve à côté des CRS au milieu de la cité donne les dernières nouvelles en direct.

JOURNALISTE. – ... nous venons d'apprendre de source officielle qu'un inspecteur a déclaré avoir perdu son arme de service dans le feu de l'action hier soir. Son arme n'a toujours pas été retrouvée... Nous avons interrogé les habitants de la cité de ce qu'ils pensent de la présence de cette arme en pleine situation de crise.

Suivent des interviews de jeunes qui réagissent à la question qui leur est posée : que feraient-ils s'ils étaient en possession de l'arme en question ?

NB. Ces interviews seront réelles, les réponses des jeunes ne seront pas préparées.

Un moment de silence, Hubert est dans ses pensées.

MÈRE HUBERT. – Ils ont brûlé la salle de boxe ?

Hubert est plus touché qu'il ne l'a laissé voir depuis le début.

HUBERT *(dégoûté)*. – Je vais partir d'ici, je veux dire, de la cité... C'était pas pareil avant. Ça a trop changé. Je suis sûr que Vinz faisait partie des mecs qui ont brûlé la salle. Il a changé, il est en train de déconner, comme Max... Il faut que je parte d'ici.

MÈRE HUBERT *(sans lever les yeux de son ouvrage)*. – Si tu passes devant une boulangerie, ramène-moi une baguette.

25

ÉPICERIE... INT. JOUR

Vinz fouille ses poches, il est face à un épicier vietnamien qui le regarde avec des yeux pleins de méfiance.

VINZ. – Bon, ben j'ai pas deux francs. Je vous les ramène plus tard, ça marche ?

ÉPICIER. – Ça marche pas du tout.

VINZ. – Ma grand-mère vient chez vous tous les jours pour faire ses courses, vous pouvez me faire cadeau de deux francs, merde !

ÉPICIER. – Votre grand-mère, c'est une chose, vous, c'en est une autre.

VINZ. – Putain, la confiance règne, ça fait plaisir.

Derrière Vinz une queue de trois personnes attend que Vinz se décide à partir. Les gens le rendent nerveux, il n'arrive pas à se concentrer sur sa monnaie. Saïd est à ses côtés, il essaie de voler un ourson en chocolat mais il se fait griller par le Vietnamien.

VINZ. – T'as pas deux francs ?

SAÏD. – Un franc c'est bon ?

ÉPICIER. – C'est pas bon du tout.

Derrière Vinz, une vieille dame tente un soupir.

VINZ. – Vous avez pas un franc à me donner au lieu de souffler derrière mon dos comme Jurassic Park ?

VIEILLE DAME. – Si, mais je ne vous les donnerai pas.

ÉPICIER *(interrompant)*. – Bon, vous vous décidez ?

VINZ. – Sans pitié le Ouin-ouin. Et les rouges, là, ils sont moins chers. Donnez-moi des rouges, c'est OK ?

ÉPICIER. – C'est OK.

VINZ *(à Saïd)*. – Je vais me faire déchirer par ma grand-mère, elle aime pas les rouges.

SAÏD. – Pourquoi tu colles pas un pruneau au Ouin-ouin ? Comme ça tu pourrais prendre les bons poivrons, je suis sûr que ça ferait plaisir à ta grand-mère.

26

CHAMBRE HUBERT... INT. JOUR

La chambre d'Hubert.

Un couteau de cuisine est passé sous la flamme d'un briquet.

Sur la table un bloc de shit qu'Hubert s'apprête à découper.

Hubert entreprend la découpe tout en jetant un œil sur un manuel de sa sœur posé à ses côtés.

Hubert soulève un bout de papier peint dissimulé derrière le lit, et cache le reste du shit dans une cavité du mur.

Sur la table, Hubert emballe le "savon" dans le papier alu d'une tablette de chocolat.

Un petit morceau de shit reste de la découpe. Hubert le brûle et en fait un joint qu'il allume.

Hubert, face à la fenêtre, observe la cité qui s'étale dix étages plus bas : entre les immeubles, les esplanades sont pratiquement vides, presque personne ne se promène. Hubert voit Vinz et Saïd qui marchent en discutant. Ils croisent deux autres jeunes et se saluent. Puis Hubert observe dans la tour d'en face un jeune homme qui place des enceintes hi-fi devant sa fenêtre ouverte. Le jeune homme est un DJ et on l'observe mettre des disques sur les platines, monter le son de l'ampli, puis commencer à mixer.

27

CITÉ... EXT. JOUR

Dans la cité le son du DJ commence à résonner entre les tours. Les gens dans les rues lèvent la tête pour localiser le son.

Comme un écho venant de très loin, le son du DJ embrase toute la cité. Il mixe un morceau de rap français, il se sert de ses mains pour faire parler les disques, il scratche, il passe d'un disque à l'autre pour faire répéter à ses disques : "LA JUSTICE, NIQUE SA MÈRE !!!", il travaille le vinyle comme un forgeron le fer et il n'arrête pas de faire crier cette phrase en la déclinant de dizaines de façons différentes. En bas, les jeunes commencent à réagir, beaucoup reconnaissent la "patte" de DJ SKUD. Les jeunes sourient. La cité pendant quelques instants semble suspendue dans le temps.

Plus loin, les CRS ont tous les yeux levés au ciel et cherchent d'où vient l'insulte. Ils se consultent par talkies.

En haut, Hubert regarde le DJ travailler, puis il observe, en bas, un groupe de flics en civil qui pénètrent dans l'immeuble du DJ.

28

RUE CITÉ... EXT. JOUR

En bas, Vinz et Saïd marchent dans la rue, eux aussi écoutent la musique, les yeux levés pour essayer d'identifier d'où vient le son.

Vinz baisse les yeux. Devant lui, à une vingtaine de mètres, une vache blanche passe avec dédain pour disparaître derrière un immeuble.

VINZ *(donnant un coup de coude à Saïd).* – Téma !

SAÏD. – Quoi ?

VINZ. – La vache, elle était là !

SAÏD. – Ta gueule avec ta vache... C'est toi la vache.

29

SALLE DE BAINS VINZ... INT. JOUR

Saïd, torse nu devant le miroir de la salle de bains de Vinz, une serviette sur les épaules, se regarde attentivement puis prend des poses de jeune premier, de tombeur. La porte s'ouvre sur Vinz. Saïd reprend une attitude normale.

VINZ. – Tu sais quoi, ça fait pas sérieux une vache dans la cité. On perd de la crédibilité.

Vinz s'empare d'une tondeuse et se tourne vers Saïd qui semble inquiet.

VINZ. – Elle a dû s'échapper du champ d'en face. T'es prêt ?

SAÏD. – T'es sûr de ce que tu fais ?

VINZ. – Je m'appelle pas Bocuse... Mais je vais faire de mon mieux.

Vinz met en route la machine et s'avance vers Saïd avec une grimace.

SAÏD *(à lui-même, très inquiet).* – BOCUSE ???

Vinz commence la coupe puis s'arrête tout de suite, ferme la porte à clé et sort le flingue de son jean pour le poser sur le lavabo. Saïd prend le flingue.
Pendant toute la suite de la scène, Vinz sera très concentré sur son travail, répondant d'une voix neutre aux questions de Saïd.

SAÏD *(manipulant l'arme).* – C'est chaud Vinz.

VINZ. – Quoi ?

SAÏD. – Le calibre d'un flic, c'est chaud.

VINZ. – Je sais, tu me l'as déjà dit... Arrête de bouger.

SAÏD. – Tu vas vraiment fumer un flic si Abdel meurt ?

VINZ. – Tu veux être le prochain reubeu à se faire lyncher dans un commissariat ?

SAÏD. – Non.

VINZ. – Ben moi non plus.

SAÏD *(moqueur).* – Toi non plus tu veux pas être le prochain reubeu à se faire lyncher ?

VINZ *(très sérieux).* – C'est la seule solution pour qu'ils comprennent qu'on ne rigole plus... Fais gaffe, tu bouges, là.

SAÏD. – Heureusement qu'Hubert ne sait pas que tu te balades avec.

VINZ. – Je l'emmerde, Hubert... Tourne la tête un peu.

La tondeuse a un raté.

SAÏD. – Qu'est-ce qui se passe ?????

VINZ. – Rien, c'est la tondeuse qui déconne... T'inquiète.

SAÏD. – "T'inquiète, t'inquiète", tu me fais marrer, j'ai besoin de niquer moi.

30

DEVANT GALERIE MARCHANDE...
EXT. JOUR

Saïd marche dans la cité d'un pas nerveux les mains dans les poches. Il a les cheveux presque rasés avec une raie faite à la tondeuse. Vinz le suit en essayant de se retenir de rire.

VINZ. – Vas-y Saïd, c'est bon, fais pas la gueule, c'est une super-coupe. Ils sont tous coiffés comme ça à New York.

SAÏD *(énervé)*. – Je suis pas un rappeur de merde... Je suis un reubeu de base. J'ai besoin de mes bouclettes. Les autres ils vont me jeter des pierres. On dirait un punk... Mon père il me jette par la fenêtre si je rentre comme ça.

Vinz ne peut pas retenir un fou rire. Saïd se laisse gagner lui aussi par un rire nerveux.

SAÏD. – Je suis sérieux... J'ai envie de te coller une patate. Bâtard !!!... Comment tu veux que je nique maintenant ?

VINZ. – Tu niquais pas avant, qu'est-ce que ça change ?

Saïd donne un coup de pied à Vinz qui n'arrête pas de rire.

Vinz et Saïd entrent dans une galerie marchande attenante à la cité. Des vigiles de la sécurité du centre dotés de chiens gardent le lieu. Un rottweiler, un gros chien de garde à l'air plutôt antipathique, regarde Saïd, en passant, Saïd grogne contre le chien pour l'exciter et le molosse aboie après lui, retenu avec peine par son vigile. Le vigile gueule, Saïd se marre.

31

GALERIE MARCHANDE... INT. JOUR

Trois jeunes filles sont devant une vitrine de magasin de fringues, elles regardent les vêtements en commentant ceux qu'elles aimeraient s'offrir. Saïd arrive derrière elles. Il s'adresse à une des filles qui, bien que plus jeune que lui, le dépasse un peu en taille.

SAÏD. – Qu'est-ce que tu fais là ?

LATHIFA. – Et toi ?

SAÏD. – J't'en pose des questions ? Qu'est-ce que tu fous à traîner avec tes copines au lieu d'être en cours ?

Vinz qui est resté en retrait s'immisce entre deux phrases.

VINZ. – Bon ben, je te retrouve là-bas... *(A Lathifa, charmeur.)* Salut Lathif.

LATHIFA *(charmée)*. – Salut Vincent.

Vinz s'éclipse. Lathifa le regarde s'éloigner. Saïd la ramène à la dure réalité.

SAÏD. – Comment tu lui as parlé ? D'où tu parles comme ça à mes amis ?

LATHIFA. – Je parle à Vincent comme je veux, qu'est-ce qui m'arrive ?

SAÏD. – Il s'appelle pas Vincent, il s'appelle Vinz et tu lui parles pas comme ça, d'ailleurs tu lui parles pas du tout, comme ça, ça règle le problème, t'as compris ? Maintenant tu vas rentrer à la maison en courant avant que je te colle une patate.

LATHIFA. – Qu'est-ce qui m'arrive ? Tu veux jouer au grand frère avec moi ?

SAÏD. – Je SUIS ton grand frère alors tu te casses d'ici avant que je raconte à papa que tu traînes dans les magasins au lieu d'être en cours, allez fissa, gagedé*.

Lathifa s'énerve soudain révélant un accent "racaille" qu'elle avait su maîtriser jusqu'ici, et s'avance vers Saïd en lui gueulant dessus.

LATHIFA. – Gagedé toi-même espèce de connard, pour qui tu te prends ? Tu t'es cru au bled ? On est pas chez les chèvres ici, on est à la cité des Muguets, alors ton petit jeu de macho musulman tu te le carres dans le cul et tu me parles autrement, parce que...
(Tapant là où ça fait mal.) Parce que quand on a une coupe de cheveux comme la tienne on s'écrase ou on met une perruque !

Les deux copines de Lathifa se marrent et les trois filles se tapent dans les mains. Epaulée par ses deux copines, Lathifa menace presque son "grand" frère qui lui colle une baffe pour l'arrêter de gueuler. Lathifa réplique immédiatement et une bagarre de chiffonniers s'ensuit. Saïd a du mal à s'en sortir au milieu des trois filles.

* Gagedé signifie dégage.

32

LA ROTONDE... INT. JOUR

La rotonde, c'est le nom qui désigne un coin de la galerie marchande. Sur le sol en faux marbre, un groupe de jeunes danseurs s'entraînent au break dance sans l'aide d'aucune musique, ou plutôt accompagnés par la musique d'ascenseur de l'endroit qui contraste étrangement avec la situation. Ces jeunes s'entraînent là tous les jours et ils le font avec une efficacité proche du professionnalisme. Ils s'échauffent, s'étirent, se concentrent sur les phases, les pas, les mouvements acrobatiques qu'ils effectuent comme de véritables athlètes.

Vinz arrive près du groupe et serre les mains de tout le monde, même de ceux qu'il ne connaît pas comme c'est la règle dans ce milieu. Il s'assoit contre un mur, aligné avec ceux qui regardent, commentent et soutiennent ceux qui "travaillent".

Hubert aussi est là, un peu à l'écart, il discute avec le jeune du début et lui remet la "plaque de chocolat".

Quand Vinz arrive, les deux garçons se regardent.

Certains danseurs se changent complètement avant d'aller sur la "piste", et parmi les tas d'affaires personnelles posées dans un coin, on peut distinguer un bon nombre de bombes lacrymogènes et autres ustensiles de la vie des cités.
Discrètement on fait tourner un joint. L'ambiance est plutôt positive.

Un peu plus loin, les vigiles de la sécurité sont là. Entre les deux groupes, les regards sont chargés de signification.
Santo (déjà vu sur le toit) est assis près de Vinz.

SANTO. – Vous venez ce soir ?

VINZ. – Où ça ?

SANTO. – Sur Paris, le frère de Jason fait un combat, il fait rentrer tout le monde...

Santo donne des tickets exonérés à Vinz.
Saïd arrive et s'assoit à côté de Vinz.

SAÏD. – Y a des traditions qui se perdent.

Dans son coin, Hubert regarde au milieu de la piste un des danseurs qui s'entraîne à tourner sur la tête, nous nous approchons du danseur pendant qu'il tourne de plus en plus vite, défiant la gravité.

Soudain, un jeune arrive en courant et hurle vers le groupe.

LE JEUNE. – Y A EMBROUILLE !!!!

Le jeune repart comme il est venu suivi par tout le groupe, dont le trio. Ils passent devant les gardes qui font aboyer le chien.

Seul le danseur continue ses tours sur la tête, il tourne, il tourne... S'il avait le choix, il ne s'arrêterait jamais.

33

RUE... EXT. JOUR

Les jeunes déboulent dans une rue.
A l'autre bout de la rue, au loin, on peut voir la voiture du frère d'Abdel arrêtée près de Samir, on entend des insultes, puis tout d'un coup un fusil de chasse sort par la fenêtre de la voiture.

FRÈRE ABDEL. – Eh le keuf !

La détonation fait trembler toute la cité. Un des passagers de la voiture vient de tirer sur Samir qui a plongé à terre.
Les jeunes marquent un temps d'arrêt et aperçoivent la voiture qui démarre sur les chapeaux de roues, mais au bout de cent mètres, un car de police lui bloque le passage et la voiture fait une embardée pour finir lamentablement sa course dans un mur.
De loin, les jeunes voient l'arrestation des occupants de la voiture. Une arrestation violente car dangereuse. Les policiers sortent les tireurs de la voiture pour les plaquer au sol. Samir est blessé au bras.

Les jeunes se rendant compte de la gravité de la situation se précipitent vers le car de police dans lequel on embarque déjà les occupants de la voiture.

Près du car la trentaine de jeunes apparaît pour prendre les policiers à partie. Vinz et Saïd sont dans le tas. Samir malgré sa blessure essaie de s'interposer entre les gens, aidé par Hubert, mais très vite il perd connaissance. Les policiers récupèrent Samir au prix de quelques coups, se replient dans le car et s'enfuient, laissant les jeunes sur place.

De l'autre côté de la rue, on peut entendre une escouade de CRS qui arrive en courant.

Les jeunes se sauvent dans la cité.

Une partie d'entre eux, dont nos trois "héros", pénètrent dans un HLM.

34

COULOIR CAVE... INT. JOUR

Saïd, Vinz et Hubert déboulent dans le couloir sombre d'une cave de HLM suivis par quelques jeunes qui se dispersent dans toutes les directions. On entend les CRS qui crient des ordres en descendant l'escalier. Le groupe continue sa course dans le labyrinthe, suivi par les CRS qu'on entend courir un peu partout.
Le groupe bifurque à droite mais Saïd attrape Hubert et Vinz pour les entraîner à gauche. Saïd prend de l'avance et tourne un coin sans se rendre compte qu'un CRS vient de surgir d'un couloir et bloque le passage à Hubert et à Vinz.

Dans un réflexe, Vinz dégaine son arme qu'il pointe sur le CRS qui demeure interdit pendant une seconde.

Hubert est entre les deux hommes et profite de cet instant d'immobilité pour couper court aux envies de Vinz. Il bouscule Vinz, le CRS s'avance, mais aussitôt Hubert le frappe très violemment, le CRS tombe à terre et Hubert l'assomme sans lui laisser la chance de se relever.

Vinz regarde sans savoir comment agir.

Hubert entraîne Vinz dans un couloir, puis dans un autre. Saïd est devant une trappe qui débouche sur l'extérieur.

SAÏD. – Qu'est-ce que vous avez foutu ?

Ils se sauvent.

35

GARE… EXT. JOUR

Les trois garçons se sauvent vers la gare laissant la cité derrière eux.

On entend les bruits des émeutiers au loin.

Sur un des panneaux de la gare est indiqué le quai en direction de Paris.

Les trois amis courent pour attraper le train qui entre en gare.

36

RER… INT. JOUR

Hubert est assis dans un wagon de RER *à moitié plein. Il regarde par la fenêtre pour se calmer, mais il est extrêmement nerveux. Il essaie de retrouver un rythme cardiaque normal en contrôlant sa respiration. Dans son dos se trouvent Vinz et Saïd. La caméra reste sur Hubert qui ne réagit pas à la description de la bagarre que fait Vinz (lui aussi encore chargé d'adrénaline).*

VINZ *(chuchotant, contenant difficilement son excitation devant les autres passagers).* – Le keuf était au bout de mon flingue, je te jure, comme je te vois. Le bâtard. Il bougeait pas, il a certainement chié dans son froc… Si Hubert avait pas bougé, je l'aurais fumé sans hésitation. T'aurais vu ça. Hubert il l'a retourné, le keuf il a pas dû y croire, deux lascars comme il en a jamais vu. *(Il se penche vers Hubert.)* T'as trop assuré Hubert, t'as fait trop fort.

Hubert ne répond pas, il est plongé dans ses pensées et regarde le paysage, ou plutôt les cités qui défilent sous ses yeux, parfois quelques graffitis viennent colorer l'endroit, mais l'ensemble est gris et triste. Un abribus sous lequel attend un vieux monsieur a été brisé et tagué, une voiture de luxe posée sur des parpaings dans un terrain vague a été débarrassée de ses roues. Plus loin, l'affiche avec la planète aperçue au début du film. Nous découvrons que cette affiche est une publicité pour une société et que sous la planète est inscrit le slogan suivant :

LE MONDE EST A VOUS

37

PARIS... EXT. JOUR

Le trio est sur une immense esplanade.

Paris s'étale devant eux.

C'est une autre ambiance, un autre monde. Les problèmes de la cité n'existent pas ici.

La cité elle-même ne semble pas exister.

Le bruit de la ville remplit l'espace sonore.

L'ambiance est complètement différente, aussi bien au niveau du son qu'au niveau de l'image.

Tout devient beaucoup plus agressif.

38

PLACE PARIS... EXT. JOUR

Les trois garçons sont assis sur un banc au milieu d'une place extrêmement bruyante.

Ils se font chier.

Après un long moment de silence.

VINZ. – Et maintenant on fait quoi ?

SAÏD. – Vous je sais pas, mais moi, je vais récupérer mon blé.

Saïd se lève et se dirige vers une cabine téléphonique.
Il donne un coup de pied dans la machine.

SAÏD *(aux deux autres)*. – Comment tu fais pour téléphoner si t'as pas cinquante francs à foutre dans une carte ?

M.enScene
FILM
PRODUCTION
10 octobre

EVERLAST

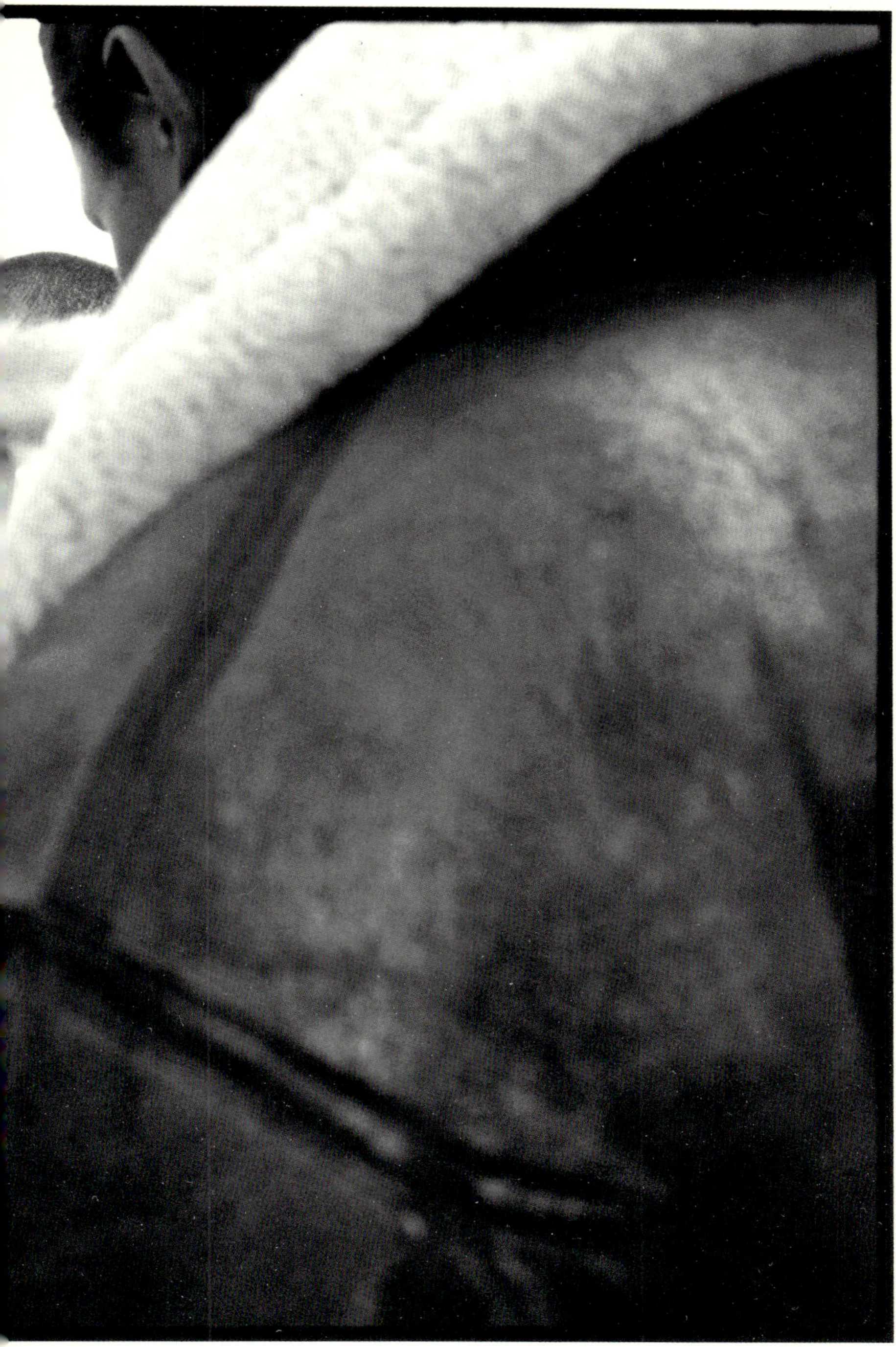

LACOSTE
adidas

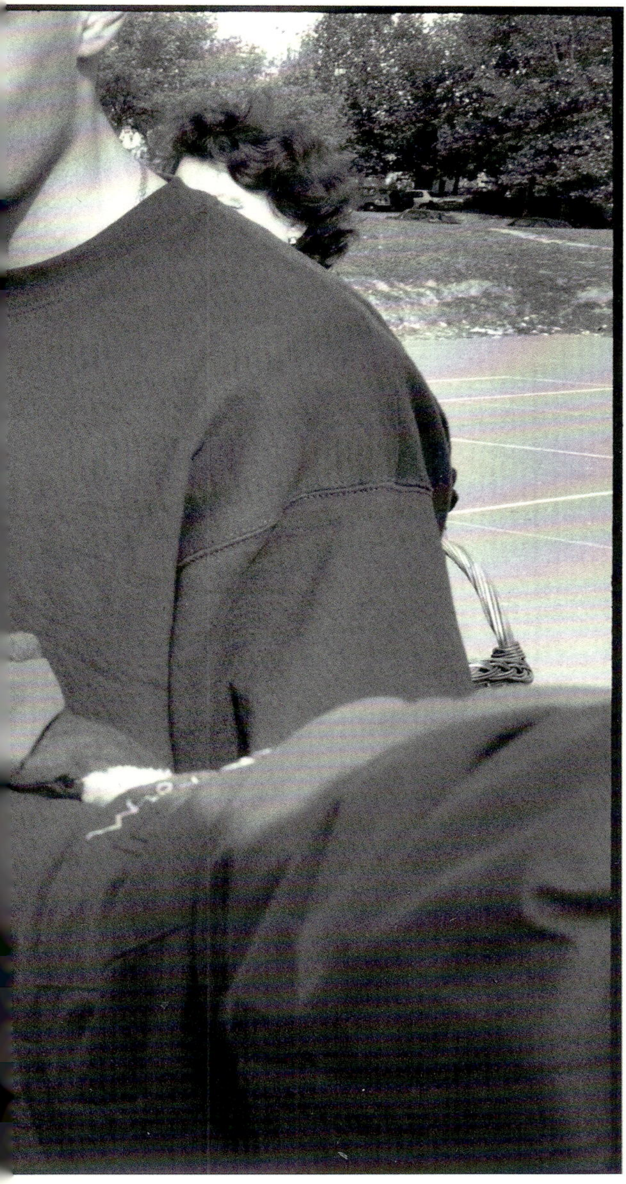

39

TOILETTES BISTROT... INT. JOUR

Le trio est dans les toilettes d'un bistrot.
Saïd, un verre de Cacolac à la main, est au téléphone pendant que derrière lui Vinz est en train de se soulager devant les pissotières.
Hubert se passe de l'eau sur le visage devant le miroir.
Saïd essaie de se renseigner pour avoir l'adresse d'Astérix.

SAÏD *(en aparté, aux deux autres).* – A quinze balles le Cacolac, y a intérêt à ce que je retrouve mes thunes ce soir.

Les deux autres ne réagissent pas. On sent une tension entre eux. Hubert s'observe longuement dans le miroir. Saïd retourne à sa conversation, essaie d'obtenir un renseignement, on le fait patienter à nouveau. Saïd se tourne vers les deux autres.

SAÏD. – C'est bon maintenant, vous allez vous faire la gueule longtemps ?

VINZ. – Qui fait la gueule ? Moi je fais pas la gueule. Adresse-toi à l'autre, là.

SAÏD. – Comme vous êtes relooou, j'y crois pas. Deux mômes.

HUBERT. – C'est qui le môme ?

SAÏD. – J'ai dit : deux mômes. Tous les deux vous êtes des mômes à vous prendre la tête sur des conneries.

HUBERT. – Vouloir tuer un flic c'est une connerie, ça c'est sûr.

VINZ *(à Saïd).* – Dis à ton copain de me lâcher avec ça OK ? J'ai pas dit que j'allais tuer un keuf.

SAÏD. – Si tu l'as dit.

VINZ. – C'est pas ça que j'ai dit.

SAÏD. – Si.

VINZ. – J'ai dit que *si* Abdel y passait, je me ferais un flic, j'ai pas dit que je tuerais un flic par plaisir. Mais l'autre CRS, là, si j'avais pas eu le flingue, on se serait fait massacrer. Je m'appelle pas Malik Oussekine, je vais pas me faire défoncer dans une cave.

HUBERT. – Grosse différence. T'as raison mon gars… De toute façon t'as toujours raison. Et tu crois qu'on passera les dimanches à t'apporter des oranges derrière les barreaux ?

VINZ. – Je compte sur personne, et surtout pas sur un mec qui vend son âme à l'ennemi.

Hubert soupire de désespoir. Saïd se marre.

VINZ *(très impliqué, très premier degré)*. – Vous pouvez vous marrer, mais moi j'en ai ras-le-rectum de subir le système tous les jours, on vit comme des chiens dans des niches là-haut et vous vous bougez pas le cul pour changer quoi que ce soit. Alors moi je vous le dis à vous, parce que vous êtes mes amis : si Abdel meurt, moi je vais rétablir la balance. Un flic va mourir pour qu'ils se souviennent qu'on ne tendra plus l'autre joue…

SAÏD. – Sans déconner on aurait dit un mélange de Moïse et de Bernard Tapie à la façon dont tu viens de parler.

HUBERT. – Contre qui tu crois que tu te bats ? Tu crois que tu vas rétablir la balance ? Mais t'es complètement largué, mon pauvre gars. C'est les mecs comme toi, avec ta mentalité à la rappeur de Prisunic, qui foutent la cité en l'air. Si t'étais allé à l'école au lieu de taguer, tu saurais que s'il y a un truc que l'histoire nous a appris, c'est que la haine attire la haine.

VINZ. – T'as des leçons de morale à donner ? T'es tellement supérieur à nous pour toujours dire ce qui est bon et ce qui ne l'est pas ? Pourquoi tu prends jamais mon parti ? Pourquoi t'es toujours du côté des enculés ?! Moi je vis dans la rue et s'il y a un truc que la rue m'a appris c'est que rien ne s'arrange en tendant l'autre joue.

HUBERT. – De quoi tu parles ? Quel enculé ? Tu viens de braquer un flic avec un flingue de flic, t'aurais pu te faire tuer et nous aussi !!!

Un bruit de chasse d'eau coupe Hubert dans son élan. Les trois garçons se tournent vers les toilettes qui se trouvent dans la même pièce qu'eux, ils n'ont pas fait attention au petit monsieur qui sort d'un des chiottes et va se laver les mains en se frayant un chemin entre Hubert et Vinz, silencieux et gênés. Le petit monsieur se lave les mains en regardant les autres dans la glace.

MONSIEUR. – Ça fait vraiment du bien de chier un bon coup.

Les garçons se regardent, interloqués.

MONSIEUR. – Vous croyez en Dieu ?

Les garçons se concertent du regard et baragouinent une réponse.

MONSIEUR. – De toute façon, il ne faut pas se demander si on croit en Dieu, mais si Dieu croit en nous... Moi je pense qu'il croit en nous, car Dieu nous aide et fait pousser le caca, vous saviez ça ?

Les garçons sourient sans répondre.

MONSIEUR. – Quand j'étais jeune, j'avais un ami qui s'appelait Grunwalski. On a été déportés ensemble à Dachau, et ensuite en sortant du camp on a été déportés en Sibérie. Quand on va en Sibérie dans les camps de travail, on voyage dans les trains à bestiaux qui traversent les steppes glacées pendant des journées entières sans croiser personne. On se tient chaud ensemble, mais le problème c'est que pour se soulager, pour chier c'est pas possible dans le wagon et les seuls moments où on s'arrêtait, c'était pour remettre de l'eau dans la locomotive. Mais Grunwalski il était très prude, et même à Dachau, il était très gêné quand nous devions nous laver ensemble. Et moi, je me moquais souvent de lui à cause de ça. Donc le train s'arrête et tout le monde en profite pour aller chier derrière les wagons. Mais moi j'avais tellement embêté Grun avec ça qu'il a préféré aller un peu plus loin. Et quand le train repart, tout le monde saute dedans car le train n'attend pas. Le problème c'est que Grunwalski qui s'était éloigné derrière un buisson n'avait pas fini de chier. *(Le vieux monsieur commence à sourire au souvenir de ces images.)* Alors je le vois qui sort de derrière le buisson en tenant son pantalon à deux mains pour ne pas qu'il tombe et il essaie de rattraper le train. Je lui tends la main, mais chaque fois qu'il me tend les siennes, il lâche son pantalon qui tombe sur ses chevilles. Il remonte son pantalon et reprend sa course, et à chaque fois son pantalon tombe quand il me tend la main.

Les trois garçons regardent le vieux monsieur en souriant de cette histoire.

SAÏD. – Et qu'est-ce qui s'est passé ?

MONSIEUR. – Rien, Grunwalski est mort de froid.

Le sourire des trois garçons s'estompe instantanément. Le vieux monsieur, quant à lui, continue de se souvenir de son ami en souriant, puis s'excuse et disparaît. Le trio se regarde, gêné.

SAÏD. – Pourquoi il nous a raconté cette histoire ?

Les autres ne répondent pas.

SAÏD. – Hein, pourquoi il nous a raconté cette histoire ?

40

MÉTRO... INT. JOUR

Le trio dans le métro.
Saïd et Hubert sont assis côte à côte, Vinz est un peu à l'écart, il réfléchit.
Une jeune mendiante roumaine passe dans les rangs en récitant son discours appris par cœur.

MENDIANTE. – Madame monsieur, je suis fille roumaine seule à Paris avec ma mère et mes frères qui sont malades, mon père est encore là-bas pour avoir sauvé nous de la mort certaine, merci pour un franc ou deux ou un ticket restaurant, mercimadamemercimonsieur.

En arrivant près de Saïd, celui-ci lui tend la main comme s'il mendiait lui aussi et lui parle sur le même ton.

SAÏD. – Moi aussi j'ai deux frères en prison et père au chômage, mère malade et pas de shit à vendre en ce moment... Merci pour dix sacs ou un dîner chez *Maxim's.*

Saïd se marre de sa blague, et la jeune fille s'éloigne après avoir fait un doigt d'honneur à Saïd.

41

RUE PARIS LES HALLES... EXT. JOUR

Saïd est face à un policier en tenue avec les épaulettes vertes des jeunes recrues. Le policier est en train de vérifier sur un plan de Paris où se trouve la rue que Saïd a notée sur un bout de papier.
Le policier indique à Saïd comment s'y rendre en lui indiquant sur le plan.

Le trio s'éloigne.

SAÏD *(à Hubert).* – T'as vu comme ils sont polis ici ?

Plus loin...

Saïd marche les yeux levés pour essayer de repérer l'adresse qu'il a notée sur un bout de papier. A ses côtés se trouve Hubert. Un peu plus loin derrière, faisant la gueule, Vinz reste à l'écart.

SAÏD. – C'est ici.

Saïd s'arrête devant un immeuble moderne très chic.
Les trois garçons restent un moment interdits devant l'entrée luxueuse.

SAÏD. – Tu crois qu'une raclure comme Astérix vit ici ?

42

HALL IMMEUBLE... INT. JOUR

Filmés par la caméra vidéo d'un interphone qui bloque une porte en verre, on voit nos trois gaillards qui essaient d'ouvrir la porte, puis se penchent sur l'interphone avec circonspection.

HUBERT. – Comment il s'appelle ?

SAÏD. – Moi je connais qu'Astérix comme nom...

Saïd, qui sent que c'est mal barré, marque un temps puis sonne au hasard sur un des boutons de l'interphone.

VOIX OFF. – C'est pour quoi ?

SAÏD *(mielleux)*. – Excusez-moi de vous déranger, est-ce que je suis bien chez... *(Il grimace comme quelqu'un qui va se prendre une gifle.)*... Astérix ?

VOIX OFF. – Pardon ?

SAÏD. – Je sais que ça paraît idiot mais...

VOIX OFF. – Effectivement.

La voix raccroche. Instantanément, Saïd fait des grimaces à la caméra.

SAÏD. – Nique sa mère à ce bâtard. Vas-y Vinz, essaie, toi.

VINZ. – Pourquoi moi ?

SAÏD *(montrant Hubert).* – Parce que Blanche-Neige et moi on va se faire tirer dessus. Place au Gaulois.

Saïd pousse Vinz devant la caméra et enlève précipitamment le bonnet de Vinz au moment où la lumière au-dessus de la caméra s'allume.

VOIX OFF 2. – Oui ?

VINZ *(très froid).* – Bonjour, je cherche Astérix, il est là ?

Un silence, puis la voix se met à rire et raccroche. Vinz ne bouge pas pendant un moment, vexé. Les deux autres se marrent aussi. Vinz s'énerve et appuie sur tous les boutons en même temps avant que les deux autres puissent l'en empêcher.

SAÏD. – T'es relou là...

S'ensuit une cacophonie interphonaire vite interrompue par l'arrivée de la concierge (portugaise, bien entendu).

CONCIERGE. – Qu'est-ché qué vous faites ichi ?

SAÏD. – On cherche quelqu'un qui vit ici, mais on ne connaît que son surnom : Astérix.

CONCIERGE. – Vous êtes pas fou dé chonner chez tout le monde ? Vous croyez que le monde est à vous ? Dehors ! Il y a perchone de che nom ichi, allez, ouste ou j'appelle la poliche.

SAÏD. – Ben vas-y, Linda de Suza, appelle-les tes keufs !

Hubert tire Saïd vers la sortie mais celui-ci ne se laisse pas faire.

SAÏD. – Non, nique sa mère à celle-là. Je reste ici.

La concierge retourne dans son appartement.

VOIX INTERPHONE. – Saïd ?

SAÏD. – Astérix ?

VOIX INTERPHONE. – C'est vous qui faites tout ce bordel ? C'est au cinquième.

43

APPART LUXE… INT. JOUR

Une porte s'ouvre sur un jeune homme dont l'allure contraste violemment avec l'appartement luxueux qui l'entoure.
Il accueille les trois garçons avec un sourire étonné.

ASTÉRIX. – Heeeyyy… Saïd, qu'est-ce que tu fous là ? Entre, entrez, ça fait plaisir de vous voir.

L'immense appartement regorge d'objets de valeur, de tableaux.

SAÏD. – C'est quoi ici ?

ASTÉRIX. – C'est un appart qu'on me prête pour quelque temps.

SAÏD. – Putain… Ça cartonne. Désolé pour la concierge.

ASTÉRIX. – Ça va, j'ai l'habitude.

Ils s'assoient dans le vaste salon, Hubert se tient un peu à l'écart, il regarde les objets d'art avec intérêt. Devant lui, un dessin de M. C. Escher représentant un escalier que gravissent des hommes mais qui ne fait que se mordre la queue et ne mène nulle part.

Astérix montre les lignes blanches de cocaïne sur la table basse du salon.

ASTÉRIX. – Servez-vous… Allez-y.

Les trois garçons hésitent une seconde puis refusent.
Vinz, instinctivement, s'installe devant l'écran vidéo géant qui règne dans un coin.
Pendant la séquence, Vinz va tomber sur un reportage sur les émeutes. La photo d'Abdel s'inscrit à l'écran.

ASTÉRIX. – Alors comment ça se passe à la cité ?

SAÏD. – T'es pas au courant des émeutes ?

ASTÉRIX. – Quelles émeutes ?

VINZ. – Y en a un qui s'est fait défoncer par un keuf alors on a défoncé les keufs.

ASTÉRIX. – J'étais même pas au courant. Pour moi de toute façon, la cité, c'est du passé.

SAÏD. – Darty m'a dit que c'est toi qui as mes brouzoufs.

ASTÉRIX *(établissant un jeu).* – Eh, eh... Qu'est-ce qu'il se passe ? Tu t'inquiètes là ? T'as peur de moi ?

SAÏD *(rentrant dans le jeu).* – Tu me fais pas peur, tu me fais chier. T'as mon blé ?

ASTÉRIX. – Si tu me causes comme ça, t'es pas près de récupérer ton blé... Faut faire confiance dans la vie.

SAÏD. – Je suis pas mère Theresa, alors t'allonges le blé ou je te colle un pain.

ASTÉRIX. – Tu t'es pris pour un boulanger ? Le pognon est pas ici, il faut que j'aille le chercher chez Gilbert ce soir.

Vinz, irrité par les images des infos, se lève d'un bond et sort le 44 qu'il braque sur Astérix.

Ça jette un froid.

VINZ. – Arrête tes jeux de mots à la con et allonge le blé, ou c'est moi qui t'allonge.

ASTÉRIX. – Qu'est-ce qu'y te prend ?

Saïd et Hubert regardent Vinz.

SAÏD. – Pourquoi tu t'énerves ? On rigole.

Hubert s'avance et s'interpose entre Vinz et Astérix, devant le flingue de Vinz qui essaie de garder Astérix en joue. Hubert est furieux.

HUBERT. – Qu'est-ce que tu fais ?

VINZ. – Dégage de là, ça ne te regarde pas.

Astérix glisse la main dans sa veste tout en regardant Vinz dans les yeux.

ASTÉRIX. – Bon alors, là, dans ma veste, j'ai peut-être un vrai calibre, pas un pistolet d'alarme comme le tien, mais un vrai flingue avec de vraies bastos...

Vinz regarde le revolver et va pour contredire Astérix, mais celui-ci l'interrompt.

ASTÉRIX. – Je te laisse un choix espèce de petit enculé, soit tu baisses ton arme et tu dégages de chez moi parce que tu viens de faire perdre son pognon à ton copain, soit tu continues à te la péter comme un gangster et je sors MON flingue. Seulement si je sors MON flingue, je te plombe. Alors réfléchis bien, soit je bluffe, soit je t'explose, soit tu tires. Maintenant qu'est-ce que tu vas faire ?...

Vinz commence à trouver le temps long avec le bras levé. Il essaie de tenir le regard d'Astérix mais il réalise doucement mais sûrement qu'il s'est mis dedans tout seul et que les deux autres ne sont pas partis pour lui prêter main-forte.

44

ESCALIER IMMEUBLE LUXE... INT. JOUR

Vinz a l'air minable tandis qu'il descend l'escalier.

VINZ. – Je suis sûr qu'il bluffait.

SAÏD *(doucement)*. – En attendant, mon blé je peux m'asseoir dessus maintenant.

HUBERT. – Vinz, tu fais ce que tu veux, t'es un grand garçon. Mais tu peux pas nous mêler à tes conneries !

Une vieille dame apparaît et passe entre les garçons avec un sourire gêné pour aller promener son chien.
Vinz reprend, entre ses dents.

VINZ. – Des conneries ???!!! Je te rappelle qu'il y a un des nôtres qui est à l'hosto en ce moment...

HUBERT. – Arrête de te prendre pour un martyr, parce que t'as pas les épaules pour assumer le rôle. Tu ne sais pas de quoi tu parles.

VINZ. – Et toi t'en sais plus que nous sur la question, peut-être ?

Hubert hésite pendant une seconde, puis décide de ne pas répondre.

45

EXT. RUE APPART LUXE… EXT. JOUR

Ils sortent de l'immeuble.
Saïd et Hubert marchent un peu en avant de Vinz.

Sur le trottoir, Saïd et Hubert tombent nez à nez avec trois hommes.

CIVIL 1. – Bonjour messieurs. Police. Alors, il paraît que vous faites du grabuge ?

Saïd et Hubert lèvent les yeux au ciel.

SAÏD. – Comment vous avez fait pour arriver aussi vite ?… Dans mon quartier si tu te fais égorger et qu'on vous appelle, il faut prendre rendez-vous pour la semaine d'après.

Vinz sort à son tour de l'immeuble, il ne remarque pas les policiers tout de suite, mais un des policiers le remarque.
Hubert est très nerveux.

CIVIL 2. – Jeune homme, vous êtes ensemble ?

Le civil s'approche de Vinz.
Vinz a un moment de flottement pendant lequel tout semble possible, mais au dernier moment, il repousse le civil qui tombe à terre, et il se sauve en courant.

En voyant cela, les deux autres civils plaquent Hubert et Saïd contre le mur pour les empêcher de s'enfuir à leur tour. Le civil 2 part à la poursuite de Vinz.

CIVIL 1. – Qui c'est lui ?

HUBERT. – On le connaît pas. Il était dans l'escalier avec nous, mais on ne le connaît pas.

CIVIL 1. – Tu te fous de ma gueule ? Te fous pas de ma gueule.

SAÏD. – Je vous jure, on sait pas qui c'est.

Plus tard.

Hubert et Saïd se font fouiller sans ménagement par le civil 3 sous la surveillance de l'autre, main sur son holster.

Les deux garçons sont soulagés de voir le civil 2 revenir bredouille, et revenir tout court.

CIVIL 2 *(essoufflé).* – L'enculé, il court comme un lapin, je l'ai paumé.

CIVIL 1. – Bon, on embarque ceux-là, on verra ce qu'ils ont à raconter.

Saïd et Hubert soupirent mais ne protestent pas.

46

CINÉMA... INT.

SORTIE DE SECOURS

C'est ce qu'indique le panneau au-dessus de la porte d'une salle de cinéma.

Vinz pousse discrètement la porte et s'installe vite fait dans la salle presque vide.

La voix française de Clint Eastwood menace quelques vilains et des coups de feu s'ensuivent. Nous ne voyons pas l'image, nous n'entendons que le son du film.

Après un temps, Vinz se lève et sort de la salle.

Une autre salle...

Autre salle, même ambiance. Vinz regarde un film américain doublé en français, dont nous n'entendons que le son. Il ressemble étrangement au premier mais cette fois c'est la voix de Stallone qu'on entend.

Une autre salle...

Autre film mais avec la voix d'Arnold.

Une autre salle...

Vinz regarde maintenant un film qui pourrait être un dessin animé Walt Disney. Il fume un joint dans la salle. Il regarde les épaisses volutes de fumée qui matérialisent le faisceau lumineux du projecteur.

Vinz joint ses doigts pour former une arme. Il vise l'écran comme il a visé sa propre image dans la salle de bains, mais cette fois son geste n'a pas la même signification.

Il tire sur Bambi sans faire de bruit.

A ses côtés un petit garçon le regarde faire puis l'imite.

47

PIÈCE INTERROGATOIRE... INT. NUIT

Hubert et Saïd sont menottés à une chaise. Ils ont le visage fermé. Face à eux, un groupe de policiers se fout de leur gueule. Parmi eux, il y a les civils qui les ont arrêtés, ainsi que deux policiers en tenue, ils sont tous soûls.

Les policiers ont les papiers d'Hubert et de Saïd en main.

CIVIL 1. – Alors, ça fait quoi d'être tout seuls comme des petites merdes loin de sa cité, loin de vos potes les casseurs ?

CIVIL 2. – Si ç'avait été moi, votre copain Abdel, c'est pas à l'hôpital qu'il serait, mais à la morgue. Allez hop, au four, toute la racaille.

Hubert et Saïd ne bougent pas, ils regardent le sol. Hubert serre les dents et Saïd est au bord des larmes.
Le civil 1 s'approche d'eux.

CIVIL 1. – On peut vous abattre comme des chiens d'Arabes que vous êtes et demain, on se défoulera sur les connards qui viendront manifester devant le commissariat.

POLICIER 1 *(il danse)*. – Libéwez nos camawades !

CIVIL 1. – Le mec qui a tué Makome c'est mon beau-frère, il est en vacances en ce moment.

Il rigole avec les deux autres.

SAÏD. – Vous avez pas le droit de faire ça.

Sans prévenir, le civil 1 décoche une énorme gifle à Saïd.

CIVIL 1. – Et ça tu penses qu'on y a le droit ?

Saïd a les larmes aux yeux de haine, il lève la tête et ne lâche pas le flic du regard.

SAÏD *(les dents serrées)*. – Espèce de fils de pute, si jamais un jour tu passes dans mon quartier, j'te crève comme une chienne.

Il y a un moment de silence pendant lequel tout le monde se regarde. Les policiers hésitent devant la détermination de Saïd, puis le civil 1 remet une gifle à Saïd.

HUBERT *(au civil 1)*. – T'en prends pas à lui. Viens, enlève-moi les menottes et on va s'expliquer tous les deux. On va voir si t'es toujours aussi chaud sans ton flingue et tes copains.

Le policier 2 s'avance et met un coup de bottin téléphonique à travers la gueule d'Hubert.

CIVIL 1 *(à Hubert).* – T'es fou, je peux pas faire ça, c'est interdit par le manuel.

Les flics se marrent.

Seul dans son coin, le civil 3 ne participe pas à la fête, il ne dit rien, mais on peut voir que dans la situation présente, il a honte d'être flic.

48

SALLE DE COMBAT... INT. NUIT

Deux jeunes sont en train de se la donner sur un ring de boxe thaï. Vinz est dans la salle qu'il scrute pour enfin apercevoir un groupe de jeunes dont certains ont été entrevus dans la cité. Chaque fois qu'un coup méchant est porté, tout le monde fait la grimace, accompagnée d'un sifflement de douleur. Vinz s'approche du groupe pendant que sur le ring le combat se termine. Les deux boxeurs se saluent avec respect après le combat. Un autre va enchaîner.
Le groupe salue Vinz et lui fait une place. L'ambiance est au popcorn et aux sticks d'herbe.

SANTO. – Vinz, alors, t'es seul ? Et Hubert et Saïd ?

VINZ. – Ils m'ont pris la tête toute la soirée, laisse tomber, ils sont dans un trop mauvais trip en ce moment.

Sur le ring, deux nouveaux combattants se saluent avant de se coller des coups de tibia dans les dents.

49

VOITURE... INT.-EXT. NUIT

Vinz est assis dans une voiture que conduit le cuistot. A ses côtés se trouve Santo, ainsi qu'Arach.

La musique emplit l'espace sonore. C'est du rap français, un hymne du genre : Police *des* NTM.
Dans la voiture tout le monde connaît le texte par cœur et tous hurlent les paroles en rythme :

"VOS PAPIERS, CONTRÔLE D'IDENTITÉ"
FORMULE DEVENUE CLASSIQUE A LAQUELLE TU DOIS T'HABITUER
SEULEMENT, DANS LES QUARTIERS LES CONDÉS
DE L'ABUS DE POUVOIR ONT TROP ABUSÉ
AUSSI, SACHEZ QUE L'AIR EST CHARGÉ D'ÉLECTRICITÉ
PAS DE RESPECT, PAS DE PITIÉ ESCOMPTÉE
VOUS AUREZ DES REGRETS,
CAR, JAMAIS PAR LA RÉPRESSION VOUS N'OBTIENDREZ LA PAIX...

Curieusement seul Vinz ne participe pas au délire collectif.
Il regarde Paris qui défile dehors en fumant un joint.
A un feu rouge, la voiture s'arrête au même niveau qu'une voiture de luxe, Vinz regarde l'homme qui conduit. Echange de regards, puis l'homme enfonce discrètement la sécurité de la portière pour se protéger.

Vinz soupire.

50

CAGE COMMISSARIAT... INT. NUIT

Hubert et Saïd sont assis dans une cage. Ils sont légèrement marqués par les coups des flics. On sent que même si les hématomes ne sont pas très impressionnants, ils ont morflé sérieusement.
Il y a deux skins avec eux. Les deux groupes ne se calculent pas.

Saïd se lève et s'adresse au planton.

SAÏD. – Laissez-nous sortir, on va rater le dernier train.

Le planton ne réagit pas.

SAÏD *(doucement)*. – Fils de pute.

51

DEVANT BOÎTE… EXT. NUIT

Vinz se tient un peu à l'écart dans une rue où se trouve une boîte de nuit.
Les trois autres sont devant la porte en pleine discussion avec un gros videur qui leur parle à travers une ouverture dans la porte. Ils essaient de dealer leur entrée dans la boîte, mais le videur ne veut pas les laisser entrer. On entend quelques insultes puis les trois reviennent vers Vinz.

VINZ. – Alors ?

SANTO. – Alors ce bâtard de Renoi de sa mère se prend pour un boss.

ARACH. – En plus je le connais ce bâtard. Son frère vit à la Saint-Denis. Je le connais.

SANTO. – Putain, je suis dégoûté, chaque fois, c'est la même galère.

Santo donne un coup de pied dans une voiture qui se met à sonner, puis excité, retourne vers sa voiture, prend quelque chose à l'intérieur et se dirige vers la porte de la boîte dans laquelle il donne un coup de pied. Après un temps, le judas s'ouvre. Santo et le videur s'insultent, on les entend gueuler, puis d'un coup, Santo sort un pistolet à grenaille et tire trois coups dans la petite ouverture. On entend des cris, Santo insulte le videur.

CUISTOT. – Merde, il a sorti le grenaille.

Vinz reste interdit pendant que les deux autres se précipitent vers la boîte, puis Vinz se sauve en courant.

52

RUE PARIS… EXT. NUIT

Vinz, les mains dans les poches, est debout devant un clochard allongé sur des cartons dans une rue passante.

L'homme a l'air mort et Vinz l'observe avec une curiosité morbide, puis il regarde les gens qui passent sans jeter un regard.
Vinz donne un petit coup de pied au clochard pour voir s'il réagit : celui-ci ne bouge pas.

53

QUAI GARE… EXT. NUIT

Hubert et Saïd arrivent en courant sur le quai de la gare juste à temps pour voir le train s'éloigner.

Saïd est énervé.

SAÏD. – Nique sa mère… Ils l'ont fait exprès.

Ils reprennent leur souffle et s'assoient sur un banc.

Doucement, d'une manière un peu mystique, sortant de nulle part, Vinz fait son apparition et s'approche d'eux. Pas très à l'aise.

Les trois garçons se regardent en silence.
Entre Vinz et Hubert ce silence pèse des tonnes.

Vinz voit qu'ils se sont pris des coups par sa faute. Il n'est pas fier, mais la situation ne lui permet pas de s'excuser… Alors il ne s'excuse pas.

SAÏD. – Ça fait deux fois que je vais au placard pour toi aujourd'hui Vinz… Je commence à saturer grave.

Ils se lèvent et s'éloignent.

Vinz tente de rétablir le contact.

VINZ *(doucement à Saïd)*. – Il te devait combien Astérix ?

SAÏD. – Cinq cents.

VINZ. – Cinquante mille ?

SAÏD. – Non, cinq cents francs.

VINZ. – Tout ce merdier pour cinquante sacs ? J'y crois pas.

SAÏD. – C'était pas pour le blé, c'est pour le principe.

POLICE

SONY
CRS

BAR
CRS

LICE
POLIC
POL

LA POLICE PARISIENNE
vous offre
une carrière
POLICE

54

RUE PARIS… EXT. NUIT

Le trio marche dans les rues.

SAÏD. – ... mais non, la vraie racaille c'était Hercule.

VINZ. – T'es fou, Hercule il était complètement abruti.

SAÏD. – Non, c'était Pif l'abruti, Hercule c'était trop une pourriture de racaille.

HUBERT. – Y a pas plus racaille qu'Hercule. Et puis Pif, ils étaient pourris ses gadgets.

VINZ *(sérieux)*. – Je suis désolé, mais il y avait aussi Brutus et Pifou, le Coyote de Bip-Bip… et Grominet…

SAÏD. – Casse-toi avec ton Grominet tout pourri. Il passe la nuit à se battre avec des vaches et il nous parle de Titi et Grominet… La racaille ultime, c'est Hercule, un point c'est tout. Fin de la discussion.

VINZ. – Evidemment, si on peut pas discuter, alors c'est même pas la peine.

HUBERT. – C'est toi qui dis ça ?

En tournant le coin d'une rue, ils tombent sur un vernissage dans une galerie de peinture. Certains invités boivent un verre de vin sur le trottoir.

Les trois garçons se regardent et haussent les épaules.

SAÏD. – De toute façon on a rien d'autre à foutre.

Ils se dirigent vers la galerie.

55

GALERIE D'ART… INT. NUIT

Un tableau contemporain ne représentant rien de concret sauf peut-être pour les esthètes qui admirent les toiles avec des moues approbatrices.

Les trois lascars regardent longuement la toile.

SAÏD *(imitant J.-P. Papin).* – C'est affreux, affreux, affreux, affreux…

Vinz regarde les toiles sans rien comprendre.

VINZ. – Il est connu comme artiste ?

HUBERT. – Il sera connu quand il aura dix-huit ans.

Plus tard.

A côté des petits fours, Hubert, Vinz et Saïd mangent en se marrant discrètement.

SAÏD. – C'est pas incroyable comme soirée ?

VINZ. – Vas-y, passe les petits fours au lieu de dire des poèmes !

Saïd s'empare des petits fours comme le ferait un môme de douze ans. Ils se passent les canapés comme des voleurs. Même Hubert se lâche.
Les gens les regardent sans à priori, ils sont acceptés dans la soirée d'une façon très naturelle.
Ce sont eux-mêmes qui se mettent dans une situation de "voleurs". La faune des "artistes" force la moquerie, mais à part quelques vannes, ils se tiennent encore à carreau.
Un serveur tend une coupe de champagne à Saïd qui se retourne vers ses amis.

SAÏD. – Téma, le pingouin y m'a pris pour un ministre.

HUBERT. – Demande une coupe pour moi.

SAÏD. – Vas-y tout seul. Je vais me faire griller.

Hubert se dirige vers le barman qui lui sert immédiatement un verre.

Hubert tout content retourne vers les autres.

HUBERT. – Mortel… mais j'aime pas ça.

SAÏD. – T'es guedin, bois, c'est gratuit.

Hubert boit.

VINZ. – Vas-y roule un tarpé en loussdé.

Plus tard.

Les trois garçons sont dans un coin.
Une bouteille de champagne presque vide à leurs pieds prouve qu'ils commencent à être un peu soûls, et ils fument leur stick tranquille. Ils se foutent plus ou moins discrètement de la gueule des gens qui passent devant eux. A ce jeu-là, Saïd est le plus fort, il ne laisse rien passer. Les vannes fusent, comparant les invités aux stars de Dallas *ou de* l'Ile aux enfants. *Saïd se laisse aller à parler un peu fort. Certaines personnes entendent les remarques.*

VINZ. – Vas-y Saïd, parle doucement, tout le monde t'entend.

SAÏD. – Et alors, nique leur mère, je fais ce que je veux.

VINZ. – C'est toi nique ta mère. Calme-toi, je suis pas un clown moi. On est pas en représentation.

Saïd et Vinz commencent à s'embrouiller. Ils sont bruyants. Ils se font de plus en plus remarquer.

Deux filles passent dans leur champ de vision, ce qui arrête d'un seul coup leur discussion.

SAÏD. – Téma le banc de poissons.

Saïd désigne la superbe jeune fille avec sa copine.

SAÏD. – Elle est trop bonne... J'aimerais bien me la faire une deuxième fois.

HUBERT. – Tu te l'es déjà faite ?

SAÏD. – Non, mais je l'ai déjà vue tout à l'heure et j'avais déjà envie de me la faire.

HUBERT. – Va la brancher au lieu de faire des blagues à deux francs.

SAÏD. – Je sais pas faire ça moi... C'est relou, je sais jamais quoi dire.

HUBERT. – Dis ce qui te passe par la tête.

SAÏD. – Je peux pas lui dire ça, elle va me gifler.

HUBERT. – Celles-là, il faut d'abord les pénétrer avec les mots.

SAÏD. – Tu m'as pris pour maître Capelo ? J'ai trop envie de niquer pour parler comme dans les livres. Tu veux pas aller me la brancher ? Juste pour amorcer l'affaire…

Hubert soupire mais Saïd le regarde avec des yeux de cocker battu.

HUBERT. – T'es vraiment un boulet.

Hubert se lève et se dirige vers les jeunes filles.

Nous restons avec Saïd et Vinz qui observent Hubert qui commence à discuter avec les filles. Parfois celles-ci tournent la tête vers Saïd qu'Hubert leur montre du doigt. Saïd répond par un geste de la main qui se voudrait séducteur. Nous voyons les filles qui sourient à la tchatche d'Hubert. Saïd se demande ce qu'il peut bien leur raconter…

Après un petit moment, Hubert fait un signe à Saïd qui traverse la pièce pour venir à leur rencontre. Il fait son maximum pour marcher comme Mad Max.

HUBERT *(aux filles).* – Vous allez voir, il est super.

Saïd arrive à leur niveau. Hubert se recule, laissant le champ libre à Saïd et savoure la discussion d'avance. Vinz un peu à l'écart se marre comme un bossu.

SAÏD. – Salut les filles… C'est moi Saïd.

FILLE 1. – On sait, ton copain nous a tout dit.

SAÏD. – Ah bon, il t'a dit que je te trouve super-bonne ?

FILLE 2. – Quoi ?!

SAÏD *(vers la fille 2).* – T'inquiète pas, toi aussi je te trouve bonne.

FILLE 1. – On croyait que t'étais timide.

SAÏD. – Timide ? Ouais, bien sûr que je suis timide, je suis un grand timide même… T'as un numéro de téléphone ? Comme ça on se revoit et on se fait un cinoche.

FILLE 1. – Ah ouais, d'accord… Vous êtes tous les mêmes, ton copain nous a dit que tu voulais discuter.

SAÏD. – Discuter ?! De quoi ?

FILLE 2. – Vous faites chier. Tous les mecs de banlieue c'est la même chose… Même quand on fait l'effort de vous parler, vous vous foutez de nos gueules… Comment tu veux qu'on vous respecte.

Vinz est mort de rire, Saïd commence à répliquer, mais Hubert l'arrête avant qu'il aille trop loin.

SAÏD. – Et alors, tu t'es prise pour qui ? Tu t'es prise pour Claudia Schiffer ? Parle bien de la bouche cousine ou je vais te gifler.

HUBERT *(se marrant).* – C'est bon Saïd, laisse-les tranquilles.

Les filles qui sont restées interdites devant la réplique de Saïd n'en mènent pas large, malgré tout elles sont soulagées de voir qu'Hubert prend leur défense.
Saïd repart dans son coin en bougonnant.
La petite altercation a jeté un froid dans la soirée.

Encore plus tard.

La soirée bat son plein. Un petit groupe de danseurs est apparu au milieu du lieu.

Les trois lascars dansent de façon ridicule au milieu des convives. Ils sont chez eux et se foutent de la gueule des gens de façon beaucoup plus ouverte maintenant.

Ils ne remarquent pas un jeune homme avec une casquette de base-ball et des baskets un peu trop nickel pour être honnêtes, qui les observe et qui essaie de rentrer dans le "coup". Le "jeune branché" branche Hubert.

JEUNE BRANCHÉ. – Salut mec. Yo !

HUBERT. – ...

JEUNE BRANCHÉ. – Vous venez d'où ?

HUBERT. – Du dehors.

JEUNE BRANCHÉ. – Je veux dire de quelle banlieue ?

HUBERT. – Pourquoi tu veux savoir ?

JEUNE BRANCHÉ. – Non, comme ça, parce que moi aussi je viens de la banlieue, alors je connais.

Saïd et Vinz se sont arrêtés de danser pour s'intéresser à l'intrus.

VINZ *(moqueur).* – Tu viens d'où ?

JEUNE BRANCHÉ. – Bagnolet.

SAÏD. – C'est pas une banlieue, c'est une blague.

JEUNE BRANCHÉ. – Et vous vous venez d'où ?

VINZ *(fier).* – Des Muguets.

JEUNE BRANCHÉ *(intéressé).* – Les Muguets ? Là où il y a eu la bavure ?

VINZ *(fier).* – Ouais.

On sent un grand respect de la part du jeune branché.

JEUNE BRANCHÉ. – C'est vraiment des enculés les flics. Vous le connaissiez le jeune, là… Abdul ?

HUBERT. – Abdel.

JEUNE BRANCHÉ. – Vous le connaissiez ?

VINZ. – Ouais.

SAÏD *(à Vinz).* – Mais arrête de mentir, tout ce que tu connais c'est ta tante asthmatique.

VINZ. – Casse-toi, je te cause pas à toi alors ferme ta gueule enculeuse.

JEUNE BRANCHÉ. – Dis donc, vous y allez fort dans les insultes.

VINZ *(au jeune branché).* – Et alors qu'est-ce que ça peut te foutre à toi ? Qui t'es toi pour me dire quoi faire ? Quel bout de merde tu es pour me dire quoi que ce soit ?

Toute la fête s'est interrompue. Tout le monde regarde la scène. Vinz s'en rend compte. Il s'arrête de parler une seconde et regarde tout le monde. Le jeune branché s'éclipse discrétos.

VINZ. – Et alors, qu'est-ce que vous avez tous à nous regarder comme ça ? On est pas à Thoiry.

Un homme de cinquante ans s'avance, pas très à l'aise.

HOMME CINQUANTE ANS *(timide).* – Ecoutez, je pense que ce serait bien de partir maintenant.

HUBERT. – C'est bon, y a pas mort d'homme. Ça va.

HOMME CINQUANTE ANS. – S'il vous plaît.

Les trois garçons se rendent compte que tout le monde est face à eux.

HUBERT. – Ça y est, on vous amuse plus ?

SAÏD. – Allez viens, on se casse de cette soirée de cadavres. C'est la nuit des morts vivants ici.

Les trois garçons reprennent leurs affaires et se dirigent vers la sortie comme des princes. En passant Vinz fait un geste vers des gens qui marquent leur peur par un mouvement de recul. Ça le fait rire. Ils ne se sentent pas fiers, mais ils ne veulent pas perdre la face. En sortant de la pièce, Hubert renverse un présentoir à catalogues.

56

RUE EXPO… EXT. NUIT

Ils s'éloignent de la galerie, les mains dans les poches.

VINZ. – Les fils de pute, on aurait dû leur taxer une bouteille de champagne.

Hubert sort une carte bleue de sa poche.

HUBERT. – J'ai taxé la carte bleue du bouffon près du bar.

Saïd et Vinz s'arrêtent. Ils se regardent en souriant, puis rattrapent Hubert.

VINZ *(moqueur à Hubert)*. – Qu'est-ce qu'il t'arrive Hubert ? Tu te lâches.

HUBERT. – C'est comme le vélo… Ça s'oublie pas.

57

TÊTE DE TAXIS… EXT. NUIT

CHAUFFEUR TAXI. – Vous vous foutez de ma gueule ?

Le trio est devant une station de taxis devant laquelle sont alignées quelques voitures. Saïd fait toutes les voitures pour demander s'ils prennent la carte bleue. Derrière lui, Vinz et Hubert se marrent à chaque fois qu'il se fait jeter.

SAÏD. – Nique sa mère ! On est enfermés dehors.

58

RUE PARIS… EXT.-INT. NUIT

Une rue vide.
Dans la rangée des voitures garées, il y en a une qui se comporte bizarrement, elle semble bouger toute seule.

Dans la voiture, Hubert, Saïd et Vinz s'acharnent sur le volant qui reste bloqué par le Neiman. Ils tirent dessus comme des malades pour essayer de briser le système antivol, mais celui-ci résiste. Ils sont en sueur et se marrent franchement à chaque essai. Ils n'arrivent pas à garder leur sérieux.

SAÏD. – Enculé de putain de fils de pute de bâtard de vérole de moine de merde de volant à la con !!!

VINZ. – Arrête de philosopher et tire.

HUBERT. – Jean-Claude il fait ça en cinq secondes, montre en main.

SAÏD. – Quel Jean-Claude ? Celui qui travaille aux PTT ?

VINZ. – Celui qui travaille aux PTT, c'est le copain de Sylvie ?

HUBERT. – Non, Jean-Claude c'est celui qui a pris deux ans pour vol de voiture, alors vous vous magnez le cul de niquer ce Neiman ?

Finalement dans un grand bruit de métal brisé, l'antivol cède mais le mouvement entraîne Saïd qui tombe à la renverse et coince le klaxon dans sa manche. Panique : le klaxon hurle pendant que Vinz et Hubert essaient de sortir Saïd de la voiture et le traînent hors du véhicule en se marrant. Le klaxon s'arrête de sonner, mais ils sont déjà en train de courir et vont se réfugier sous un porche.

Plus tard…

Tout est calme dans la rue, ils regardent aux alentours, mais curieusement le bruit qu'ils ont fait n'a réveillé personne.

Dans la voiture…

Ils sont maintenant en train d'arracher les fils du démarreur, la tête sous le volant, ils cherchent comment les brancher pour que la voiture démarre.

HUBERT. – Saïd, branche le rouge là avec celui que tu tiens en main.

SAÏD. – Mais non, ça sert à rien, ça c'est le fil du clignotant... Nique sa mère, je me souviens plus comment il faisait dans *Un flic dans la mafia.*

Un homme ivre s'approche de la voiture. Les trois garçons lèvent la tête.

HOMME IVRE. – Vous avez déjà rencontré le diable ?

HUBERT. – Pardon ?

HOMME IVRE. – Vous avez déjà rencontré le diable ?

VINZ. – Et ta mère, tu l'as déjà rencontrée ?

HOMME IVRE. – Parce que moi je ne crois pas en Dieu, je préfère le diable.

HUBERT. – ... Super...

HOMME IVRE. – Dieu est mort avec Jim Morisson.

HUBERT. – Avec qui ?

HOMME IVRE. – J'ai de la sympathie pour le diable.

HUBERT. – T'es pas le seul.

L'homme ivre se tourne vers Saïd.

HOMME IVRE. – Vous aussi vous aimez le diable ?

SAÏD *(enchaînant)*. – Dégage, toi, avec tes questions à deux francs, on se connaît ? Non ? Bon !

HOMME IVRE. – Parce que moi je suis plutôt d'accord avec le diable.

SAÏD. – T'es plutôt d'accord avec Pernod-Ricard.

Vinz enchaîne.

VINZ. – Allez casse-toi maintenant... Sois un bon gars et rentre niquer ta morue.

HUBERT. – Vous êtes ouverts au contact humain, vous !

SAÏD. – Mais on est fermés aux bâtards !

L'homme ivre s'en va.
Les trois marquent un temps.

SAÏD. – Bon on attend les condés ou on essaie de démarrer cette caisse seuls ?

HUBERT. – Saïd, ça fait une heure que je te le dis : branche ce putain de fil rouge sur ce putain de fil vert s'il te plaît Saïd !

SAÏD. – Il me faut un truc en métal pour faire contact, un petit truc.

Ils cherchent, puis Vinz sort son flingue de son jean, enlève le chargeur et fait sortir une balle qu'il tend à Saïd.

SAÏD. – Comme ça, au moins, il aura servi à quelque chose.

Saïd s'exécute et la voiture commence à hoqueter. Hubert se précipite sur l'accélérateur et la voiture démarre.
Vinz récupère la balle qu'il met dans sa poche et remet son arme dans son dos.
Les trois garçons se tapent dans les mains, puis se regardent et commencent à marquer une inquiétude.

HUBERT. – Qui c'est qui sait conduire ?

SAÏD. – C'est toi Vinz ?

VINZ. – J'ai jamais appris moi, c'est Hubert qui a fait son service militaire, pas moi.

HUBERT. – J'étais dans la marine, j'ai jamais passé mon permis.

SAÏD. – Vinz, et la meuf avec laquelle t'étais parti en vacances avec sa Mercédès ?

VINZ. – C'est pas pareil... Elle était... enfin, c'était pas... C'était une automatique.

HUBERT. – C'était un rêve plutôt.

SAÏD. – J'y crois pas. Vous savez quoi ? Vous cartonnez tellement qu'à la vérité vous êtes en carton mâché, voilà en quoi vous êtes.

Vinz ne bouge pas. Il reste le plus fixe possible. Il vient de voir quelque chose dans le rétroviseur.

VINZ. – Ne vous retournez pas, mais il y a une voiture de keufs qui arrive.

Les trois garçons regardent droit devant eux. Dans un des immeubles ils aperçoivent une personne qui les observe derrière sa fenêtre. Hubert jette un œil dans le rétroviseur extérieur. Effectivement une voiture pie roule au pas tous feux éteints et se rapproche doucement.

HUBERT. – A trois on met les voiles... Prêts ?...

VINZ ET SAÏD. – Trois !

59

EXT. VOITURE RUE... EXT. NUIT

Ils s'éjectent de la voiture et courent pour échapper à la voiture qui commence à les prendre en chasse.
Ils tournent un coin de rue, un autre, puis rentrent dans une porte cochère et sèment les policiers.

60

COUR IMMEUBLE... EXT. NUIT

Ils débouchent dans une cour d'immeuble. Il y a un graffiti géant sur un des murs, ils passent en courant mais Saïd s'arrête pour récupérer une bombe encore à moitié pleine. Ils montent un escalier pour s'échapper.

61

TOIT PARIS... EXT. NUIT

Les toits.
Le trio est assis sur le zinc et domine Paris.
Gros plan sur un paquet de feuilles à rouler OCB. *Vinz finit de rouler un joint et le passe à Hubert qui l'allume.*

VINZ *(sur un air de rap connu par ceux qui connaissent "o.p.p.").* – Tu roules avec OCB ?

HUBERT ET SAÏD *(reprenant l'air).* – Oui tu me connais.

Plus tard...

Hubert et Vinz regardent les étoiles, allongés sur les toits. Saïd, un peu à l'écart, est en train de taguer les cheminées avec sa bombe récupérée.

VINZ. – On se sent peu de chose, pas vrai ?

HUBERT. – T'en as d'autres, des phrases à la con comme ça ?

VINZ. – "Petit à petit l'oiseau fait son nid", "à chacun son métier les vaches seront bien gardées"... j'en ai des tas comme ça.

HUBERT. – "Liberté, égalité, fraternité"...

VINZ. – Celle-là aussi je l'ai en stock, mais c'est pour les grandes occases.

HUBERT. – Ça fait longtemps que j'avais pas fumé, je suis fracass.

VINZ. – Qu'est-ce qu'il a voulu nous dire, le vieux dans les chiottes, tout à l'heure ?

HUBERT. – Je sais pas, mais c'était profond.

Saïd commence à taguer le long d'une échelle en métal qui longe un des murs de l'immeuble.

SAÏD. – Eh, je vois des skins en bas. *(Vers le sol.)* A bas Le Pen !!!

Saïd se marre, il est trop loin pour qu'on puisse l'entendre d'en bas. Nous sommes au sixième étage et Saïd entreprend de descendre chaque échelon d'une main en taguant son nom à chaque étape le long du mur.
Vinz et Hubert le regardent faire.

HUBERT. – Tu connais l'histoire de l'homme qui tombe d'un building de cinquante étages ? A chaque étage, au fur et à mesure de sa chute, il se répète pour sans cesse se rassurer : "Jusqu'ici tout va bien, jusqu'ici tout va bien, jusqu'ici tout va bien..."

VINZ. – Je la connaissais mais avec un rabbin.

HUBERT. – Le problème quand tu tombes c'est pas la chute, c'est l'atterrissage… C'est comme nous à la cité. Pour l'instant tout va bien…

Saïd réapparaît sur son échelle. Il leur fait un signe puis commence à faire le con en lâchant une main puis l'autre et en se rattrapant au dernier moment.

SAÏD *(chantant)*. – Mon nom est écrit partout sur la façade, je suis un putain d'enculé de tagueur qui brûle la ville de son sigle…

Vinz et Hubert sourient, mais Saïd rate un échelon et disparaît en silence.

VINZ ET HUBERT. – Saïd !!!

Ils se précipitent vers le bord du toit et se penchent pour regarder en bas.
Quelques mètres plus bas Saïd est en train de danser sur un petit toit en contrefort.

SAÏD. – Je brûle la ville et je fais peur à mes painco, hohoho c'est rigolo...

62

SORTIE IMMEUBLE... EXT. NUIT

Ils sortent de l'immeuble et s'éloignent les mains dans les poches. De loin on entend Saïd qui parle à Hubert.

SAÏD. – Dis-moi, la meuf dont je t'ai parlé ce matin... C'est vrai qu'elle a le sida ?

HUBERT. – Pourquoi, tu l'as vraiment niquée ?

SAÏD. – Non, mais j'aurais bien aimé.

63

RUE PARIS... EXT. NUIT

L'affiche vue au début. La planète avec l'inscription dessous : LE MONDE EST A VOUS.
Le trio passe devant sans s'arrêter, puis Saïd revient sur ses pas. Il sort sa bombe, graffite et s'en va, laissant voir ce qu'il a marqué :

LE MONDE EST A NOUS

64

FORUM DES HALLES... INT. NUIT

Ils sont en bas des escaliers roulants du Forum des Halles. Devant eux, un mur vidéo composé d'une dizaine de télévisions diffuse des images d'infos de la nuit. Ces images sont parfois décomposées dans tous les postes ou prennent toute la surface du mur, créant une image géante.
En ombre chinoise, Vinz fait du "shadow boxing" devant les images de famines, de guerres fratricides, de catastrophes naturelles qui se suivent dans la mosaïque des télévisions.

Immobile au milieu d'un escalier roulant qui descend inexorablement vers Saïd et Hubert qui attendent en bas, un petit monsieur n'en mène pas large.
Hubert explique la théorie des escalators à Saïd qui semble fasciné.

HUBERT. – Regarde-le, celui-là. Le prototype du trou du cul. Le Français de base. Il doit aimer le *Bêbête Show*.

SAÏD. – Tu le connais ?

HUBERT. – Il a pas l'air méchant tout seul dans son petit costume. Mais c'est la pire race. Il fait partie des assistés. Ceux qui s'arrêtent dans les escaliers mécaniques. Ceux qui se laissent porter par le courant. Ils attendent que le système fasse le boulot à leur place. C'est les mêmes qui votent pour Le Pen mais qui sont pas racistes, qui trichent sur leurs impôts, ils pensent que tout leur est acquis, que tout doit fonctionner pour leur faciliter la vie, et dès que le tapis roulant tombe en panne, ils font des grèves pour protester.

Le petit monsieur arrive en bas et sourit timidement aux deux garçons.

SAÏD *(au monsieur)*. – Raciste.

Vinz les interrompt. A la télévision, sa tête apparaît en grand sur le mur, c'est un extrait du reportage de la journaliste.

SAÏD. – Téma, je me vois derrière toi, tu m'as vu, tu m'as vu ??? Regarde on voit Hubert aussi... Morteeeel.

Vinz et Hubert regardent les images en silence et essaient d'entendre le son très faible d'un des postes.

Vinz se voit en train d'insulter la journaliste du début, mais le montage a été trafiqué et le contrechamp est sur des CRS en uniforme qui reçoivent des pierres. Vinz se voit en train d'insulter des CRS, il n'en croit pas ses yeux.
Ce document qui est très court est suivi d'images d'émeutes qui apparemment ont eu lieu après le départ du trio. Puis la photo d'Abdel s'inscrit sur l'écran... Abdel est mort.

Le trio ne bouge pas. Ils continuent de regarder en silence le mur qui maintenant diffuse des images du record du monde de la plus grande pizza.

Ils restent silencieux. Renfermés sur eux-mêmes.

Quand Hubert relève la tête... Vinz n'est plus là !

HUBERT. – Où est Vinz ?

Saïd hausse les épaules, il n'en a aucune idée. Puis doucement, ils commencent à comprendre ce qui est en train de se passer.

SAÏD. – Nique sa mère !

Ils partent à sa recherche en courant.

Ils courent dans les couloirs vides du Forum, ils hésitent, rebroussent chemin, mais ils ne voient personne. Hubert commence à être vraiment inquiet, il tourne sur lui-même ne sachant pas où aller, puis il fonce vers un escalier mécanique qui remonte à la surface. En montant, Hubert peut voir la silhouette de Vinz de dos, immobile, le bras levé.

65

EXT. FORUM... EXT. NUIT

Gros plan de Vinz qui vise. Devant lui trois contractuels qui mettent des PV aux voitures mal garées.

Hubert déboule en haut de l'escalator pour voir Vinz viser.

On entend une détonation énorme et un des agents explose littéralement sous l'impact de la balle. Il décolle pour atterrir trois mètres plus loin dans une vitrine, dégoulinant de sang.

Vinz sort de son rêve, il a le majeur tendu vers les contractuels comme s'il s'agissait d'une arme. Devant lui, le contractuel qui vient de "mourir" le regarde à peine, trop occupé par son boulot. Vinz souffle sur le bout de son doigt pour refroidir le fût du canon imaginaire puis se tourne vers Hubert et Saïd.

VINZ *(doucement, en souriant).* – Ils sont jamais là quand on a besoin d'eux.

66

PLACE DE "LA TÊTE" LES HALLES… EXT. NUIT

Ils sont sur une place vide des Halles.
Hubert est en train d'engueuler Vinz.

HUBERT. – J'en ai marre de tes conneries, j'ai passé ma journée à essayer de te faire comprendre, mais maintenant j'en ai marre, si tu veux buter un keuf, vas-y, te gêne pas pour nous, Saïd et moi on s'en tape. Mais tu le feras tout seul, nous on se casse !

Hubert commence à s'éloigner, Saïd le suit en faisant un petit geste d'impuissance à Vinz.

VINZ. – C'est ça cassez-vous… CASSEZ-VOUS J'AI PAS BESOIN DE VOUS !!! MOI JE SAIS QUI JE SUIS, JE SAIS D'OÙ JE VIENS…

Au loin un clochard essaie de dormir.

CLOCHARD *(off).* – Tant mieux pour toi, retournes-y et ferme ta gueule !!!

Les deux autres disparaissent au coin d'une église et Vinz se retrouve seul au milieu de l'immense place. Il est seul et se sent seul. A côté de lui une énorme sculpture représentant une tête couchée sur le côté le regarde et n'en pense pas moins. Il hésite, devient de moins en moins sûr de lui et de moins en moins fier. Il grommelle quelques mots. Puis shoote dans une canette.

VINZ. – Et meeerde !

Il prend la direction des deux autres, les mains dans les poches, comme un môme.

DINOR

BAT 2 SUCE DES BITES

CAGO
adidas

16
THE

POLICE NATIONALE
CRS

GB
971 KLH 75
1
85

14
7959 WT 78

14
CORSA TR
7959 WT 78

EJ coiffure Le Diminu' Tifs
Office Public d'Habitation à Loyer Modéré Interdépartemental de l'Essonne, du Val d'Oise et des Yvelines

67

RUE PARIS… EXT. NUIT

Hubert et Saïd marchent d'un bon pas sans se parler. Ils essaient de s'éloigner et de ne pas trop réfléchir à la suite des événements.

SAÏD. – Tu penses qu'on aurait dû… ?

HUBERT. – Fais pas chier Saïd !

En tournant le coin de la rue, ils se trouvent nez à nez avec la bande de skins que Saïd a vus depuis le toit.

HUBERT. – Oh nooon, c'est pour la caméra cachée ou quoi ? Il manquait plus que vous !

SKIN 1. – Pourquoi, vous faisiez une partouze ?

SAÏD. – Pourquoi tu veux savoir, tu veux te faire enculer ?

Bing boum, Saïd et Hubert savent qu'avec ces gens-là, la meilleure défense c'est l'attaque, mais ils perdent très vite le contrôle de l'affaire et se retrouvent à terre sous les coups des skinheads. Un jeune skin avec une casquette arrive et lève une batte de base-ball, mais son geste est arrêté par le canon du revolver qui vient se coller sur son crâne chauve. Vinz le tient en joue. Après un léger moment, les autres remarquent ce qu'il se passe et se sauvent en courant, laissant le jeune skin seul.

JEUNE SKIN. – Où vous allez les mecs ??? Me laissez pas tout seul !

Mais il reste seul, n'osant pas bouger. Saïd se relève et allonge un coup de poing sur le nez du skin qui tombe à genoux, en sang.

VINZ. – Alors nazillon de merde, tu flippes ta race de fils de pute. Tu vois que c'est différent quand on est du mauvais côté du canon.

SKIN. – Ta gueule enculé, j'ai le nez cassé.

68

COUR INTÉRIEURE… EXT. NUIT

Une porte cochère s'ouvre brusquement, Vinz traîne le skin à l'intérieur et le balance sur un tas de poubelles, suivi des deux autres.

HUBERT. – Qu'est-ce que tu fais Vinz ?

VINZ. – Tu te fous de ma gueule, tu me crois pas capable de faire ce que je dis… Je vais te prouver le contraire.

Vinz vise le skin.

SKIN. – Il est malade votre copain !!!

VINZ *(à Hubert).* – Et n'essaie pas de m'arrêter cette fois.

Saïd un peu en retrait est effrayé par la tournure des événements.

SAÏD. – Qu'est-ce qui te prend Vinz ?

Saïd fait un pas vers Vinz mais Hubert le retient.

HUBERT. – Laisse-le, il veut rendre service à l'humanité, il va pouvoir le faire. *(A Vinz, très calme.)* Tu veux rendre service, vas-y tire, parce qu'il y a des bons flics, mais un bon skin, c'est un skin mort. Montre-moi d'où tu viens, et tire une bonne fois pour toutes, comme ça tu nous feras plus chier.

Vinz ne comprend pas très bien ce qu'il se passe. La froideur avec laquelle Hubert lui a parlé le fait hésiter.
Le jeune skin est en train de pleurer et de saigner.
Hubert s'approche de Vinz, lui prend la main avec le flingue, balance une gifle au skin pour lui faire tomber sa casquette. Le skin a une croix gammée tatouée sur le front. Hubert force Vinz à poser le bout du canon sur la croix.

HUBERT. – Tu veux jouer à la racaille, tu te balades avec un calibre. Maintenant assume et TIRE !!!

Vinz regarde Hubert puis le skin, puis Hubert. Ce dernier ne quitte pas Vinz des yeux. Il relève le chien pour que Vinz n'ait plus qu'à appuyer sur la détente.
Les yeux de Vinz se brouillent. Le skin commence à supplier qu'on l'épargne. Vinz respire de plus en plus vite, il regarde le skin et va

pour tirer, il respire, il pleure, il essaie de rester calme. Il se contracte. Le skin supplie. Saïd ne bouge plus. Hubert regarde Vinz.

HUBERT. – TIRE !!!

Vinz marque un temps, puis laisse tomber son bras. Le skin se relève et s'enfuit en courant. Hubert reprend son souffle ainsi que Saïd.

Vinz regarde Hubert pendant un moment puis se lève et sort suivi de Saïd. Hubert reprend ses esprits, on sent qu'il vient de tenter un coup de poker qui aurait pu mal tourner.

69

RER... INT.-EXT. AUBE

Les trois dans une rame de RER vide.

Personne ne bouge, personne ne parle. Ils sont vannés, sales, pensifs...

Ils retournent à la cité.

70

RUE CITÉ... EXT. AUBE

Les trois garçons marchent dans la cité silencieuse.

Hubert arrive devant son immeuble. Les trois garçons se saluent. Hubert et Vinz se regardent. Vinz sort son arme de son jean et la donne à Hubert. Il ne dit rien, mais n'en pense pas moins. Vinz fait un petit clin d'œil à Hubert qui lui répond par un sourire.

SAÏD. – Bon ben ça va les pédés, vous allez nous chanter une chanson ?

Saïd et Vinz s'éloignent dans la cité tranquille et endormie.

Le jour se lève timidement.

Au loin on peut les entendre discuter.

SAÏD. – C'est un mec, qui est complètement bourré, il marche seul dans la rue et tout d'un coup, il voit une bonne sœur en costume noir et blanc sortir d'un immeuble. Alors le mec il la regarde de loin et puis il lui fonce dessus et il lui colle une énorme beigne dans la gueule, la bonne sœur tombe, mais le mec il la lâche pas, et il continue à lui en foutre plein la gueule. Il lui met une tannée et au bout de cinq minutes il arrête et puis il regarde la bonne sœur écroulée dans un caniveau et il lui dit : "J'te croyais plus fort que ça, Batman."

Saïd se marre, Vinz aussi.

SAÏD. – Elle est pas mortelle cette histoire ?

VINZ. – Je la connaissais avec un rabbin.

Les deux s'éloignent.
Hubert, le revolver à la main, regarde les deux autres en train de s'éloigner. Il marque un temps puis rentre dans son immeuble.
Mais juste avant de disparaître, il se retourne pour jeter un dernier regard sur ses deux copains.

Venant de nulle part, une voiture banalisée déboule en trombe à côté des garçons et instantanément, des civils en sortent pour effectuer un contrôle auquel les deux garçons n'opposent aucune résistance.

Hubert se cache, puis pris d'un mauvais pressentiment il décide de sortir de l'immeuble et de se diriger vers eux.

Plus Hubert avance et plus il a l'air inquiet. Au loin, les trois flics font leur travail, mais soudain, le policier déjà vu sur le toit du HLM balance une gifle à Vinz qui ne bouge pas.

Hubert accélère.

On entend des insultes.
Apparemment le policier en veut à Vinz pour les insultes du matin.
Il s'énerve tout seul, tenant sa vengeance.

Vinz se fait bousculer, le policier devient de plus en plus hargneux, Saïd se débat un peu mais il est bloqué par les deux autres. Le policier décoche un coup de pied à Vinz qui ne réplique toujours pas, se contrôlant au maximum.

Hubert se met à courir, d'abord doucement, puis plus vite au milieu de la rue. Il ne voit pas vraiment ce qu'il se passe jusqu'au moment où il arrive dans le dos des flics qui sont tournés vers Vinz.

Hubert voit le policier poser son arme sur la tempe de Vinz. Il n'entend que la dernière phrase.

POLICIER TOIT. – Alors, trou du cul, tu m'insultes plus là ? Tu fais moins le malin sans tes copains…

Un policier s'inquiète de la réaction de son collègue.

Le policier toit se tourne vers les autres en souriant.

POLICIER TOIT. – Regardez comme il chie dans son f…

Le coup part.

Hubert voit Vinz s'écrouler comme une masse.

Plus personne ne bouge.

La détonation résonne encore dans le silence qui suit.

Fondu au noir.

ÉPILOGUE

Ouverture au noir.

Nous reprenons l'action où nous l'avons laissée : Vinz vient de s'écrouler.

Le policier regarde son arme, il est plus choqué que méchant.

Dans son dos, Hubert vient de finir sa course trop tard pour intervenir. Le policier se retourne, l'air hébété.

Hubert dégaine son flingue et met le policier en joue à bout portant, par réflexe ou par peur, le policier aussi lève son arme.

Les deux hommes sont face à face, l'un braquant l'autre au milieu du front.

Personne ne bouge.

Hubert fait une pression sur la gâchette de son arme, le policier fait de même.

Ils se regardent, Hubert appuie un peu plus sur la gâchette, le policier aussi.

Les deux armes sont prêtes à tuer.

Saïd ferme les yeux.

L'image devient noire.

Nous n'entendons qu'une seule détonation.

FIN

lier, habitant de la cité, un bras paralysé suite à des violences policières.

Hubert Koundé, Hubert dans le film.

ent Cassel, Vinz dans le film.

Le bureau du casting alors qu'il n'y avait aucun rôle féminin...

LES PRODUCTIONS LAZENNE
36 RUE RENÉ BOULANGER
75010 PARIS
Film "DROIT DE CITE"
FIGURATION DU :
N°
NOM
SIGNATURE
N°
FICHE DE RENSEIGNEME
FILM : "DROIT DE CITE"
NOM :
PRENOM
AWTAR
Hauteur : 1,75
Pointure : 40
Poitrine : 83
Taille : 38
Hanche : 90
Yeux : châtain
Cheveux : bleu

Saïd Taghmaouï, Saïd dans le film.

eu Kassovitz, réalisateur, jeune skin tabassé dans son film.

POSTFACE DE CHRISTIAN CAUJOLLE

Il n'y a qu'un pas de la fiction à la réalité
J'en ai fait deux et je suis en train de crever. (...)
L'image prend désormais le contrôle de la personnalité
La fiction devient réalité et la réalité un cauchemar.

Ces textes de IAM et de Daddy Nuttea, inventés pour les besoins d'un disque inspiré par le propos du film de Mathieu Kassovitz, pourraient tout résumer. Ils disent à la fois les enjeux d'un film traitant, par la fiction, d'une question sociale d'aujourd'hui (ce que l'on dissimule facilement sous le vocable "banlieue") et affirment clairement que l'image est devenue l'enjeu central pour le traitement contemporain du réel.

Lorsque, il y a bientôt trois ans, Gilles Favier a décidé de travailler sur les représentations de l'immigration en France, il était excédé par le fait que la situation des périphéries urbaines, démagogiquement assimilées à l'immigration, se traduisait, dans la presse, par une litanie de stéréotypes de voitures calcinées durant des émeutes. Cette violence existe, cette violence, qui trop souvent compte ses morts, est le produit d'une situation et la réponse désespérée à d'autres violences, économiques, sociales, policières. C'est tout naturellement qu'il a croisé Mathieu Kassovitz et qu'il a eu envie de suivre l'aventure d'un film qui allait traiter de la façon dont la haine s'instaure entre police et jeunes de banlieue. Cette mise en scène de la violence allait lui permettre de réaliser des photographies de moments dont, par définition, le photographe est exclu : les photographies de bavures policières ne montrent que les victimes, pas les faits.

Gilles Favier n'a pas voulu nous restituer le film en images arrêtées comme l'aurait fait un photographe de plateau. Il ne s'est jamais placé dans l'axe de la caméra pour reproduire les plans mais, en reporter, il a choisi d'autres axes, d'autres points de vue en opérant un aller et retour permanent entre les moments du tournage et la vie et les habitants de la cité où il se déroulait. Il a, à sa manière, inventé une nouvelle fiction documentaire qui interroge la double réalité de la vie en banlieue et de la réalisation d'un film.

En organisant ce livre dans le dialogue du scénario et des photographies, nous avons voulu construire une interrogation sur les modes de représentation et leurs enjeux. Nous avons voulu, aussi, travailler dans la logique qui a donné naissance au film. Ce livre n'est pas "le livre du film" mais un livre inspiré par le film pour continuer à interroger le réel avec des moyens différents. Parce que nous savons que, aujourd'hui, la façon dont on représente le monde et les gens détermine gravement l'avenir et que les images sont devenues un des acteurs inévitables de l'actualité. Ce livre, comme le film, comme le disque, comme les expositions qui l'accompagnent est un livre polémique. Un livre qui prend parti.

Son véritable objectif serait de donner tort à IAM qui prédit : "Vingt-quatre images de scènes violentes, la vingt-cinquième sera réelle."

Toutes les photographies de ce livre ont été prises en banlieue parisienne entre septembre et novembre 1994 à l'occasion du tournage du film *La Haine* de Mathieu Kassovitz qui s'intitulait alors *Droit de cité.*

C'est volontairement que, en dehors des portraits de début et de fin, les photographies ne sont pas légendées. Elles fabriquent ainsi, dans l'espace du livre, une fiction en dialogue avec la fiction cinématographique traitant d'une situation sociale et actuelle.

Il nous a cependant semblé important de préciser, en accord avec le générique du film :

que Vincent Cassel (Vinz dans le film), apparaît aux
pages 46-47, 97, 102-103, 108-109, 164-165 ;

que Saïd Taghmaouï (Saïd dans le film) est repérable aux
pages 34-35, 36-37, 68-69, 72, 97, 102-103, 106-107, 108-109 ;

qu'Hubert Koundé (Hubert dans le film) s'illustre aux
pages 40, 97, 104, 105, 106-107, 108-109, 164-165 ;

que Mathieu Kassovitz s'expose
pages 38-39, 72, 98-99, 104, 105, 106-107, 108-109, 112.

Et avec nos remerciements tout particuliers à Rachid Djaidani, Jean-François Baruel, Jean-Jacques Giquel et Patricia Carpentier pour leur aide précieuse.

Ouvrage réalisé par les Ateliers graphiques Actes Sud.
La couverture et les cahiers photos de cet ouvrage
ont été achevés d'imprimer en mai 1995
par l'Imprimerie Le Govic à Saint-Herblain.
Les cahiers textes et le brochage ont été réalisés
par l'Imprimerie Floch à Mayenne
pour le compte des éditions ACTES SUD
Le Méjan, place Nina-Berberova, 13200 Arles

Dépôt légal : mai 1995
N° impr. : 37782